なんよう文庫

OSHIRO Sadatoshi

大城貞俊

海の太陽

インパクト出版会

目次

第一章

ヤンバル

1

「海はきれいだろう……。なあ、亮太《りょうた》」

「うん」

「夕日に照らされて、波がきらきらと輝いている。分かるか？　魚の鱗みたいだろう？」

「うん」

「夕日からまっすぐに、この小兼久《こかねく》の浜まで海上に一本の道ができている。見えるか？」

「うん、見える」

「死んだ人間のマブイ（魂）はな、このきらきらと輝く黄金の道を通って、夕日に照らされながら天に昇っていくんだよ」

兄の亮一《りょういち》は、大人みたいに理屈っぽい話をする。亮太には理解できないことが多い。

今日は、六歳になった弟の亮健《りょうけん》と三歳になった妹の美代《みよ》と一緒に浜辺にやって来た。アコウクロウと呼ばれ夕凪の訪れるひとときだ。幼い二人は砂遊びに夢中になっている。その傍らで亮太と亮一は腰を下ろして夕日を眺めていた。

亮一は、亮太の困惑にはお構いなしに話してくる。首を傾げている亮太の素振りにもまったく頓着しない。

「いいかい亮太、太陽は海から生まれて海へ帰って行く。例えて言えば海が生んだ卵だな。波は産湯《うぶゆ》だ。産湯の波に抱かれながら、きらきらと輝いて太陽は一日の勤めを終える。太陽はその日一日で見たものの数を数えながら夕日になり、俺たちにさよならをするんだ」

「……よく分からないよ」

「よく分からない？　お前は、いつも俺の話によく分からない、分からないって言うけれど……。いいかい、海を好きになれば、すぐに分かる話だ。お前は海より山が好きなんだろう？」

「……」

「海を好きにならなければいけないよ」

「どうして？」

「あれ、俺たちは海から魚を捕って生活しているんだろうが。海と友達にならなければ、魚の棲み家も分からないし、貝がどこにあるかも分からないよ。魚は山にはいないよ。お前も将来ウミンチュ（漁師）にならなければいけないんだよ」

「うん……」

「亮健もな！」

亮一が、砂遊びをしている亮健に声を掛ける。

「何？　お兄《ニイ》ちゃん、今、なんて言ったの？」

「亮健も将来、立派なウミンチュになるんだよな」

亮一が、先程よりも大きな声で呼びかける。亮健が手のひらで砂を弄びながら、立ち上がって返事をする。

「そうだよ。ぼくは、お父《とう》のような立派なウミンチュになるよ！」

「うん、亮健は偉い！」

その言葉に亮健は手のひらに盛った砂を捨て、波打ち際に走る。手足を洗うつもりだろうか。美代も立ち上がってその後を追う。二人の姿が夕日を背景にオレンジ色のシルエットになって揺らいでいる。

「ティダヌスディドゥクル」

「えっ、何？」

「亮太はスディルと言う言葉を知っているか？」

「うん、蛇がスディルというよね。友達の勇作のおばあから習ったよ」

「そうだ、スディルは脱皮するという意味だ。ティダは太陽だから、太陽が脱皮する所と言っていいかなあ」

「ティダヌスディドゥクル？」

「そう、村の言い伝えだ。西の海の向こうにはティダヌスディドゥクルがある。太陽はスディドゥクルに入って姿を消す。そして地球をぐるっと回って東の空から姿を現すというんだ」

「ふーん、スディドゥクルか」

亮太は知らなかった。勇作のおばあはスディルは教えてくれたが、スディドゥクルは教えてくれなかった。

「太陽の孵化《ふか》する所だな。水平線の向こう側に大きなスディドゥクルがあって、夕日はそこに入って一日の疲れをとる。そして新しく生まれかわるんだ」

亮太は、傍らで亮健が作った砂のトンネルを見た。トンネルに入っている間は夜になる。太陽がスディドゥクルに入っている間は夜になるんだろうか。太陽は毎日毎日、スディドゥクルを見つけてうまく沈んでいくことができるのだろうか。スディルために昼の衣装を脱ぐから恥ずかしそうに顔を赤らめて入って行くんだろうか。そんなことを勝手に想像すると笑みがこぼれた。ティダヌスディドゥクルか……、一度、水平線の向こうまで行ってみたい気がした。

「亮太は、将来何になりたいか？　ウミンチュでいいのか？」

亮一の突然の質問に顔を上げる。

「まだ、よく分からないよ」

「そうか、まあ、ゆっくり考えるといいさ。今はお父と俺の二人で海に出ることができるからな。お前は義男や勇作や智子《ともこ》たちと一緒に遊んでおけばいいさ」

「遊んでないよ」

「そうか、では、何をしているんだ？」

「……」

亮太はうまく答えられない。何をしているのだろう。いろいろやっているんだが、家族のためになるようなことは、あまりやっていないような気がする。猪《いのしし》を捕まえようと罠を仕掛けたことはあるが捕まえたことはない。山鳩を捕まえたことはあるが、家の食卓に並んだことはない。生け捕った獲物は、仲間たちと一緒に浜辺で焼いて食べる。結局は遊んでいることになるのだろうか。

「夕日もそうだが、俺たちもそうだ。みんな希望を持って生きている」

「えっ、何？」

亮太が、亮一の言葉を聞き返す。

「太陽がスディルのは明日に希望があるからだ。太陽にも俺たちにも必ず明日がやって来る。夕日は西の海に沈んでいくけれど、必ず東の海から姿を現す。毎日、同じことを繰り返している。昨日も今日も、明日も明後日もだ。でも、それはとても意味のあることだ。太陽がないと植物も動物も育たない。真っ暗闇の世界になる。分かるよね」

「うん、分かる」

「俺たちも明日があると信じているから、今日を生きることができる。だから、太陽が一日の勤めを終わって西の海に沈んで行くことはとても意味のあることだ。勇気がもらえる。夕日を見ていると明日への希望が湧いてくる」

「うん……」

「どんなに辛い一日があっても、明日への希望を持ちなさいということだ。希望を持たなければ同じ毎日を繰り返すことはできない」

「そうだね、お兄ちゃんは偉いね」

「何が？」

「そんなことを考えることがさ」

「偉くはないさ。村の先祖が考えたことだよ」

「そうかなあ」

「そうだよ」

そうは言うものの、亮一は弟の亮太を前になんだか得意げだ。

「さあ帰ろうか。そろそろ、夕ご飯の支度ができているころだよ」

「うん」

亮一が立ち上がって再び夕日を眺める。そして、波と戯れている亮健と美代に声をかける。

「亮健、美代、帰るぞ！」

二人が振り返って駆けて来る。

亮太も慌てて立ち上がる。ズボンの尻に付いた砂を手で払う。夕焼雲が美しい。太陽が夕日になった。夕日の周りで美しい衣装を着た女の人たちが両手を広げて踊っている。

亮一は駆け寄って来た亮健の手を握る。亮太も美代と手を繋いで二人の傍らを一緒に歩く。目の前に四人の兄弟の影が長く横たわる。

「亮太、お父はな、村の鰹漁船の船長をしていたことがあるんだよ。覚えているか？」

「いや、覚えてないよ」

今日の亮一は、いつも以上におしゃべりだ。何だか訳の分からないことばかり話をする。でも、そんな兄が少し誇らしくもある。今度はお父の話だ。亮太は耳を傾ける。

「お前が三歳ぐらいの時だから覚えてないだろうなあ。亮健も美代もまだ生まれていなかったな」

亮一が亮健の頭を撫でる。

「村ではな、みんながお金を出しあって雄大丸という鰹漁船を購入したんだ。その船長にお父が選ばれたんだ。村には鰹節工場もあってな、とても賑わっていたんだよ。でも、賑わったのは、四、五年の間だけ、だったけどな」

「どうして？　どうしてなの？」

亮太の問いかけに、亮一が苦笑を浮かべながら応える。

「鰹節がな、安い値段でしか売れなくなったからだ。鰹業をするのが引き合わなくなったんだよ。それで村の漁師たちは、南洋に出稼ぎに行ったり、宮古、八重山だけでなく、奄美大島や鹿児島沖まで出かけて行ったりしたんだ。そんな中で工場は潰れていった。やがて雄大丸も無用になって、八重山の人たちに売られたと聞いている……」

「ふーん」

「もちろん、お父のせいではないよ。お父はいつでも大漁をして帰ってきたんだ。たくさん鰹を捕ってきても鰹節が作れないんだよ。世の中のせいだ」

「お父は、偉いんだよね」

亮健が背伸びをするように顔を上げて亮一に言う。

「うん、そうだよ」

亮一が、亮健の頭を再び撫でる。

「お父は偉いんだ。船長だぜ。俺もお父みたいなウミンチュ（漁師）になる。お父は若いころは、長崎の五島近くまで行って漁をしたらしいぜ」

「凄いなあ」

亮健が声を上げてうなずく。長崎がどこにあるかは知らないはずなのに感心している。亮太だって五島がどこにあるかは分からない。

「小兼久村の漁師たちは、本当に偉いよなあ。九州や朝鮮の近くだけでなく宮古の池間島や台湾にまで行って漁をしたんだって。お前も分かるだろう。二年前には、家隣りの健造おじさんが南洋パラオに渡った。お父もパラオに行くことを考えているようだよ」

「ふうん」

「健造おじさんも、お父も、家族のために働いているんだ。俺たちのためにな。でも、俺はパラオへ行くのは反対だよ。たとえ家族みんなが行っても俺はここに残る」

「どうして？」

「どうしてって、お前……」

亮一は、そう言うと、亮太の問いに急に口をつぐんだ。草履の先で砂を蹴り上げると、亮太と手を繋いでいる美代を奪うようにして抱き上げると怒ったようにどんどんと早足で歩き出した。亮太も亮健も小走りになって追いかける。

亮太の脳裏に、先ほどの亮一の言葉が蘇ってきた。ティダヌスディドゥクル……。振り返ってもう一度、夕日を見た。夕日はスディドゥクルに半分ほど姿を隠して消えていくところだった。

2

沖縄本島北部の地はヤンバルと呼ばれている。ヤンバルは南北に連なる尾根を持った山々を有し、その尾根を分水嶺にして東西の海岸に川が流れる。川を挟んだ海岸沿いには、縫い針の痕跡のように小さな村々が点在している。東の村では太平洋から昇る朝日を見ることができる。西の村では水平線に沈む美しい夕日を眺めることができる。古代の琉球人は太陽を「あけもどろの花」と譬えた。

一九二〇（大正九）年、与那《よな》嶺《みね》亮《りょう》太《た》は西の村の一つである大宜味村《おおぎみそん》小兼久《こかねく》で生まれた。小兼久は大宜味村内でも明治初年代にできた極めて新しい村だ。山が浜辺近くまで押し寄せてきた急斜面の裾に広がる小さな丘陵地に、ぽつり、ぽつりと隣村から移ってきた人々が家を建てた。耕作地も少ないゆえに、目の前の海を相手に生活の糧を得なければならなかった。住み着いた人々は、共同で松の大木を切り、幹を削り、刳船《くりぶね》を作り、漁業に従事したと言われている。

村ができはじめてから、およそ十年後の明治十年代になると、二十軒ほどの人家で平地はいっぱいになる。半農半漁の村であったが、どの家族も貧しさゆえに、「兼久フクター（小兼久の貧乏人）」と呼ばれた。

村人は互いに助け合い、日々の暮らしを立てていく。当時、漁業が盛んだった沖縄本島南部の糸満《いとまん》の地から、村の有志の一人がアギエー（追込網漁）の漁法を学んで帰ってくる。その漁法を村の男たち全員で力を合わせて習得する。一斉に刳船を出し、魚を追い込み、網で捕獲する。数年も経つと県内でも有数の漁村として名を轟かせる。やがて刳船も杉板を貼り合わせたサバニと呼ばれる小船に代わっていく。

亮太が生まれる六年前の一九一四（大正三）年には第一次世界大戦が起こっている。一九一七（大正六）年には、ロシア革命が起こる。明治政府は一九一〇（明治四三）年には、韓国併合を行っている。日本は様々な世界的規模の事件を契機にしながら、時には慎重に、時には大胆に世界への扉を開き、アジア諸国への侵攻を企て、ヨーロッパへの進出さえも窺っていた。そんな激動の時代である。

もちろん、日本国の南の辺境の地である沖縄県、そのまた辺境の地である沖縄本島北部のヤンバルの人々は、大きな時代の流れや世界の情勢を詳細に知ることはできなかった。また日本国の大望も知ることができなかった。小さな漁村である小兼久の人々にとっては、生活を支える目前の海の機嫌を窺うのがすべてであった。海は荒れ狂うこともあったが、珊瑚でできた環礁に守られて村人は穏やかな日々を過ごしていた。

昭和の時代を迎えても、海を中心とする村人の生活は変わらなかった。人家はさらに増えたが男たちは協力して漁を続けた。大量の魚を狙って豊かなイノー（漁場）を見つけてサバニを繰り出す。それが日課だった。

女たちは、男たちが帰って来るサバニを浜で待ち受ける。捕ってきた魚を大きなバーキ（籠）に入れて背負い、あるいは盥《たらい》やザルに入れて頭に乗せ、魚が新鮮なうちに近隣の村々へ売りに出かける。そんな日常の明け暮れであった。

一九二九（昭和四）年、十二歳になった少年の亮太も、兄亮一が語る海の幸や、夕日の美しさに耳を傾け、村人の生活や自然の豊かさに思いを馳せながらすくすくと育っていた。

亮太の家族は七人家族だ。父の亮助《りょうすけ》、母の千代《ちよ》、兄の亮一、姉の亮子《りょうこ》、そして弟の亮健と妹の美代だ。兄の亮一は七つ上で、ちょうど二〇歳になったばかりである。すでに立派なウミンチュ（漁師）だ。亮太にとって亮一は歳が離れているだけに兄というよりは、むしろもう一人の若い父親のような存在である。姉の亮子は十七歳。母親千代と一緒に畑仕事に出かけたり家事を手伝ったりしている。時には籠を背負って隣り村まで魚売りに出かけることもある。

亮太の家の食事には、父と兄が捕ってきた海産物が並ぶことが多い。今日もミーバイ（メバル）のおつゆに刺身が皿に盛られている。床板に蓆《むしろ》を敷いただけの部屋に四角い食卓を置き、みんなが囲んで食事を摂《と》る。亮太は海は嫌いだが、刺身は大好きだ。そんな好みを姉の亮子に冷やかされたことがある。

亮助が、刺身をつまみながら、亮太を見て言う。

「亮太はいくつになった？」

「十二歳」

「そうか、そろそろ、海に出てみるか」

「えっ？」

「お前の歳には、亮一は、もうお父と一緒に海に出ていたよ」

「でも……」

亮太が返事を渋る。

「お父、まだ早いよ。十三歳祝いも、まだしていないのに……」

傍らから千代が、亮太へ助け舟を出す。

「そうかなあ、早くはないと思うけどなあ。義男や勇作と一緒に遊んでいるだけでなく、お母や、姉《ネ》エ姉エの手伝いをしないと、明日からでも船に乗せるぞ」

亮太が答えそびれているのを見て千代が答える。

「お父、亮太はお利口だよ。遊んでばかりいるんではないよ。ちゃんと言いつけられた仕事はやってから遊んでいるんだよ。薪だって亮太が拾って来るんだから。義男や勇作もそうだよ。風呂だって亮太がいつも沸かしているんだよ」

「そうか、それならいいが……」

亮太が顔を上げて千代を見る。千代が笑顔を見せる。

亮助が納得したように亮太に笑顔を向けて問いかける。

「亮太、そろそろ斧《おの》を使ってみるか？」

「えっ、お父、本当なの？」

亮太は、亮助の言葉に目を輝かした。しょげていた気分が一気に払われる。

亮太たちの仲間うちでは、斧を使って木を割り、薪を作ることができるようになれば一人前だと言われている。

「明日から使ってもいいぞ。でも注意しろよ。怪我するなよ」

「うん、大丈夫だよ、お父、頑張るよ」

亮太が目を輝かせて返事をする。

「亮太は、海はだめだけど、陸の仕事は大好きだからな」

亮一が傍らから亮太を冷やかす。千代と亮子が笑みを浮かべる。

亮助も笑みを浮かべながら再び尋ねる。

「亮太、誕生日はいつだ？」

「四月十七日」

「あと、半年か……。よし、十三歳になったら一人前だ。海に出るぞ！」

「うん、分かったよ、お父」

亮太は、そう返事したものの、亮助の言葉を、もう上の空で聞いていた。軒下に置いてある斧を、食事が済んだらすぐにでも見たいと心を弾ませていた。

弟の亮健は、ひたすら食べている。美代は亮子から、皿の上の魚の煮つけを、骨を抜き取ってもらって口に運んでいる。いつもの与那嶺家の夕食の風景だ。

母親の千代が、目を細めて子どもたちの仕種を眺めている。千代は、家族団欒のこの幸せの時間が永遠に続いてもらいたいと思っている。雄大丸を手放したころの亮助は長くふさ塞ぎ込んでいた。村の有志が借金をして買った船だ。亮助も、船長であったがゆえに借金をした。今も借金は残っている。しかし、亮一も一緒に働いてくれている。二人が働いておれば、借金は何とかなる。亮助もひところの不機嫌は治り、子どもたちの成長を見守ってくれている。家族も私も、亮助が守ってくれている。今後もそうあってもらいたいと思う。

しかし、千代には気がかりなことが幾つかある。亮助からパラオ行きのことを伝えられたときから、なんとなく気持ちが落ち着かないのだ。ワサワサと胸騒ぎがする。もちろん亮助の希望を尊重し、亮助についていくのが妻としての自分の役目だと思っている。亮助の言うとおり、パラオには豊かな漁場があり、籠を背負い隣村まで魚を売りに出かける苦労から解放されるかもしれない。裕福な生活を手に入れることができるかもしれない。

だが、パラオ行きは、亮一が言うように危険な賭けでもある。海は無尽蔵ではない。この小兼久の海だって、最近では漁獲量が減っている。それだから、パラオにも、長崎にも漁師たちは出かけていくのだ。パラオの海だって例外ではないはずだ。千代の脳裏には、そんな不安が纏いついていた。

その他にも幾つかの不安がある。一つは戦争への不安だ。パラオに渡ったら戦争に巻き込まれるのではないか。お父たちは、戦争に巻き込まれても日本が負けるはずがないと言うけれど、それを聞く度に、逆に不安は大きくなる。もう一つの不安は、子どもたちを遠い南洋まで無事に連れていくことができるかということだ。また、子どもたちは南洋パラオの地に、うまく馴染むことができるだろうかという不安もある。亮太が学ぶ学校への不安もある。亮健も美代もまだ幼い。千代にとって、このヤンバルのささやかな生活が何よりも大きな幸せであるように思われるのだ。

さらにもう一つ、最も大きな不安は亮一と久子《ひさこ》のことだ。お父は二人の結婚に反対している。また、パラオへ行くことについても二人の意見は激しく対立している。二人とも酒を飲むと声を荒げて言い争う。掴みかからんばかりの言い争いになる。このことが心配だ。今では二人とも顔を背けるようにさえなっている。

夕食が済むと、待ちかねていたように、亮一の姿は消えていた。

「亮一はどこへ行った？」

食事を片付けている千代に亮助が尋ねる。

亮助は、食後の晩酌に飲んでいる泡盛を盃に注ぎ足している。千代の代わりに亮子が答える。

「久子ネエの所へ行ったはずよ……」

「また久子の所に行っているのか。あれほど言っているのにまだ諦めないのか。久子との結婚は絶対認めん。何度言ったら分かるんだろうな」

「そうは言っても、お父……」

千代が、亮助の怒りを沈めるように言う。亮子が、亮太、亮健と美代を隣の部屋に連れて行き、寝床を作ってやる。千代がそれを目で追いながら言い継ぐ。

「亮一は、久子との結婚を認めてくれないとパラオには行かないと言っているんだよ。ここに残ると言っているんだよ」

「だから困るんだ。認めても連れては行けないだろう。久子だって結婚してもパラオには行けないと言っているんだろう？」

「それは、そうだけど、久子の家族と相談すれば……」

「亮一は、漁師としての腕もいい。俺も頼りにしている。しかし、久子との結婚は二人のためにも諦めさせた方がいい」

「でもねえ……」

「でもねえも、クソもない。久子の姉エ姉エはナンブチ（ハンセン病）だろう。裏座に閉じ込めているようだが、久子の家族を村から追いだせという人もいるよ。ナンブチの家の娘を嫁にもらうわけにはいかないだろう。家族みんながナンブチになったらどうするか」

亮助の不満を、千代の傍らに座っていた亮子が受け止める。

「お父、ナンブチは、うつらないってよ」

「馬鹿たれ！　何を言うか。よくも知らないくせに！」

亮助が、盃を目の前に叩きつける。

「お父だって、よくも知らないでしょう。兄イ兄イも悩んでいるんだから、もっと話を聞いてあげたらいいんじゃない」

「聞いても変わるもんじゃない。お前まで生意気な口を利くのか。千代、お前が子どもたちによく言い聞かせないからだ」

「お父……、なんとか亮一と久子を一緒にする方法はないかね」

「ない！　どいつもこいつも、亮一の肩を持ちやがって……。分かった。俺が探して引き連れてくる。いなけりゃ、久子の家に怒鳴り込んでやる」

亮助は、激しく言い放つと、庭に下りて草履をひっかけた。

「お父、待ってよ……」

「駄目なものは、駄目だ！　亮一がいつまでもぐずぐずしていると、たとえ長男でも勘当する。亮太も、亮健もいるからな。二人とも立派なウミンチュになれるさ」

亮助は、怒りを収めきれないままに外に出て行った。

千代と亮子は、顔を見合わせてため息をつく。亮助も亮一も普段は気が優しいのだけれど、二人とも短気なところがある。喧嘩にならなければいいがと思う。二人は風貌だけでなく性格まで似ている。

千代が、割れた盃の欠片《かけら》を拾いながら亮子に言う。

「お父も困っているんだよね、どうすればいいのか分からないんだと思うよ。無理してパラオになんか行かなくてもいいのにと、私もお父には言っているんだけどね、かえってムキになるんだよ。お前を楽にさせたいんだ、家族のためにパラオに行くんだと言うんだよ。そして、このままにしていたら、亮一は久子と結婚すると思い込み始めているんだよ。だから、今では二人の仲を引き裂くためにパラオに行くって感じになっているんだよ。私は、二人が結婚したいと言うのなら、そうしてあげてもいいと言っているんだがね、お父は反対だって。お父は頑固だからね」

「お父の頑固さが、お父のいいところでもあるんでしょう?」

「それはまあ……、そういうこともあるけれどね」

亮子の言葉に、千代が笑って答える。

「病気の姉エ姉エを看病している久子も偉いよね。お母も病弱だというのにね。だから亮一の誘いにも、素直に、はい、と言えないんだろうねえ」

「どうしたもんだろうか」

「どうしたもんだろうねえ」

千代と亮子は顔を見合わせてつぶやき、一緒に苦笑した。

闇の中で庭のシークヮサー(蜜柑)の樹の葉擦れの音が聞こえてきた。開け放った遣り戸から涼しい風が吹き込んでくる。この家族を襲う大きな不幸が、やがて怒涛のように押し寄せてくることを、もちろん二人の母娘は未だ知る由もなかった。

3

亮太が、海を嫌いになったのは訳があった。小学校の一年生になって間もなくのことだ。海で溺れたのだ。その日までは海が大好きな少年だった。

その日は遊び仲間の義男や勇作や智子とも別行動だった。ちょうど大潮の日で、目の前に広がるリーフ（環礁）まで歩いて渡れるほどの干潮だった。亮太は思わず一人で釣りに飛び出したのだ。

急いで仕掛けを作り、釣竿を持った。浜辺で魚の餌になるヤドカリを集めて殻を割り、頭を殺《そ》いで小袋に詰めた。

リーフでは面白いように魚が釣れた。クサバー（ベラ）、オジサン、ミーバイ等々、魚は面白いように餌に食いついた。釣った魚は用意してきた針金を鰓《えら》から口に通して、腰にぶら下げた。間もなく運動会の万国旗のように釣り上げた魚が亮太の腰を一周するほどになった。

亮太は得意になった。お母やお父の喜ぶ顔を想像すると、つい笑みがこぼれた。その前に友達の智子にも見せてやろう。智子もびっくりするだろう。智子には少し魚を分けてもいいと思った。

亮太は、楽しい想像をしながら時間を忘れて釣りに夢中になった。それが、まずかった。気がつくと潮は満ちていた。振り返るとリーフまで渡ってきた珊瑚礁の浅瀬はすっかり波を被って見えなくなっていた。しまったと思った。浜辺まで泳いで帰らなければならない。

亮太は腰にぶら下げた魚をしっかりと固定すると、釣竿を持ち、浜辺に向かって泳ぎ始めた。ところが、大漁の魚が下半身にまとわりついて思うように泳げない。おまけに、リーフに渡るときは簡単に足がついた岩礁も、背丈を超える海水の中だ。

亮太は細い釣り竿を杖代わりにして海底に突き付け、その反動を利用して前に進もうとしたがうまくいかなかった。必死に片手で波を掻いたがうまくいかない。思い切って釣竿を捨てて両手で掻いた。しかし、満ち潮の波の流れは速く亮太を遮った。おまけに右脚が痙攣して、動かすことができなくなった。痛みに耐えられず海底に座って、痙攣した脚を揉みほぐす。それから海面に顔を出して泳ぎ出す。このことを何度か繰り返した。やがて、疲れがたまってうまく泳ぐことさえできなくなった。海水が鼻や口にどっと入ってきた。

観念して、体に巻き付けている針金をほどき、捕った魚をみんな捨てた。必死で両手を使い、全身を使って波を掻いた。何度も海水を飲み込んだ。何度も死ぬかと思った。

やっと村の浜辺に辿り着いたときは息もできないほどに疲れていた。大の字に寝転んで呼吸を整えた。目を閉じて大きく息を吸い、大きく息を吐いた。目を開くと、青空と白い雲が見えた。涙がこぼれた。生きていることが不思議でたまらなかった。

その日以来、亮太は海が嫌いになったのだ。もちろん、このことは、亮一兄や家族のだれにも話していない。遊び仲間の義男や勇作にも隠している。勇作たちは、海に行かなくなった亮太のことを不思議がっていたが、その理由を詮索しようとはせず、すぐに忘れてくれた。いつの間にか山や川が亮太たちの遊び場になった。今は、勇作たちと山猫狩りに夢中になっている。

山猫狩りの仕掛けは、村の先輩たちに教えてもらった。木箱を準備して、中に餌を入れておく。餌には猫が大好きな魚などを置く。魚に鈎《かぎ》をつけ、口に咥えて引っ張ると入り口がギロチンのように下りて、ぱたんと閉まる仕掛けになっている。しかし、いまだ亮太たちが仕掛けた木箱には山猫が入ったためしがない。

一度だけ木箱の入り口が閉まっていたので、歓声を上げて木箱に近づいた。が、入っていたのは鼠《ねずみ》だった。猫を捕る仕掛けで鼠を捕るなんて不愉快でしょうがなかった。仲間たちみんなで鼠を叩き潰した。

智子は女の子なのに、遊びはいつも亮太たちと一緒だった。村には同年齢の女の子が少なかったせいかもしれない。学校でも、帰って来てからも、亮太たち四人組はいつも一緒だった。

智子は男勝りで勇気があった。蜂の子を最初に味見したのも智子だ。ヤマモモの実に手を伸ばし、枝が折れて地面に落下したのも智子だ。もちろん、鼠の頭を石で砕いたときも智子は一緒だった。野イチゴを摘み、シャリンバイやギーマの実を食べて、赤や紫色に染まった舌を出し合ったときも、最も大きな声で笑ったのは智子だ。

「亮太、お前たち家族は、パラオに行くのか？」

山猫の仕掛けを、サトウキビ畑の中に置きながら義男が尋ねる。勇作と智子が、しゃがんだままで亮太を見上げる。

「まだ、よく分からないよ。亮一兄イ兄イが行きたくないと言っているから……」

「南洋は魚がよく捕れるらしいからなあ。うちのお父もそう言っていたよ」

勇作が義男の言葉を受け継ぐ。

「でも、パラオは遠いんでしょう？」

智子が、心配そうに亮太を見上げる。その答えを勇作が奪う。

「当り前さ。東京へ行くよりも遠いんだぞ」

「本当ね？」

「本当さ」

「台湾よりも遠いの？」

「台湾よりも遠いさ」

「フィリピンよりも？」

智子と勇作のやり取りを、義男が苛立つように取り上げる。

「うるさいなあ、お前たちは。ぼくは四人組が分裂したら寂しいなあと思って、亮太に尋ねているんだよ。お前たちは、寂しくないのか？」

「私は、寂しいよ」

「ぼくだって寂しいさ」

「ほら、遠さの問題ではないだろう。寂しいか寂しくないかの問題だ」

義男が大人の口ぶりで、なんだか勝ち誇ったように立ち上がって背筋を伸ばす。

「よし、そんなら早く、山猫を捕まえないとな」

勇作がにやにやと笑いながら、仕掛けを点検する。

「どうして？　どうして山猫を早く捕まえなければならないの？」

智子が、不思議そうに繰り返す。

「ねえ、どうしてなの？」

勇作は答えない。

「ねえ、どうしてなの？」

「あれ、亮太への餞別さ。みんなで山猫汁を作って食べるんだ」

「まだ行くと決まったわけではないんでしょう。ねえ亮太、そうでしょう？」

智子の目に涙が溜まっている。

「あれ、お前は泣いてるのか？」

勇作が、それを見て智子を冷やかす。

「泣いてはないよ。義男が言うように、亮太がいなくなったら寂しくなるでしょう。あんたはそれも分からないの」

智子がなじるように勇作を見る。

亮太は、二人のやり取りを笑顔を浮かべて聞いていた。智子が目に溜まった涙を慌てて手で拭う。そんな智子の仕種を、亮太は嬉しく思い、そして可愛いと思った。

亮太は、亮一兄が久子と結婚したいために村に残るように、自分も智子のために村に残りたかった。パラオへは行きたくなかった。

4

南の島へ渡るサシバ（鷹）が村の上空を舞った。ミーニシ（北風）が吹き始め、秋の季節が感じられるころだった。亮太たち家族の運命を変える大きな出来事が起こった。漁に出た亮助と亮一の乗ったサバニが、二日経っても戻って来なかったのである。千代は不安に駆られて取り乱した。これまでこんなことは一度もなかったからだ。

村の漁師たちは、千代や亮子がただならぬ様子で捜索を依頼しても半ば信じなかった。亮助と亮一が遭難するとは考えられなかった。二人とも腕のいい漁師だったからだ。沖合まで魚群を追い駆けて遠出をしたに違いない。どこかの島に寄留して、明日にでもきっと帰って来るに違いない。そう思っていた。

千代もそう思いたかった。しかし、四日経っても、五日経っても二人は帰ってこなかった。村は大騒ぎになった。漁師仲間は、村にあるだけのサバニを沖合に出して捜索を開始した。

捜索は朝日が昇るとすぐに始められ、夕日が落ちるまで続けられた。村の漁師たちは近隣の島々の漁師たちへも捜索の協力を依頼した。伊江島《いえ》、伊是名《いぜな》・伊平屋《いへや》島沖までもサバニを走らせた。船団を組み、辺戸岬を回って太平洋の海上も捜索した。しかし、サバニも二人の姿も見つからなかった。漁師たちは今さらながらに海の広さにため息をついた。

十日後に、屋我地《やがじ》島の東側に寄り添うように浮かんでいる古宇利《こうり》島に男の遺体が漂着したとの連絡が届いた。千代はすぐに村の漁師にお願いしてエンジン付きのサバニを仕立ててもらった。亮子も一緒について行くというので、二人一緒に行くことにした。

亮太は、亮健と美代の手を握って、雨の降る浜辺で千代と亮子の乗るサバニを祈るような気持ちで見送った。

サバニに乗った千代と亮子は、口を閉ざしたままだった。漁師も無言のままで舵綱《かじづな》を握った。千代は訳が分からない不安や抑えがたい絶望と希望に苛まれた。遺体は一体だという。違う人かもしれない。亮助でも亮一でもないかもしれない。そう思いたかった。しかし、どちらかの遺体だとしたら、亮助だろうか、亮一だろうか。だれが死んでだれが生きているのだろうか……。

漁師は全速力でサバニを走らせてくれた。千代も亮子も降りしきる雨と同時に波しぶきを被りながら船上で身体を寄せ合った。一時間ほどで古宇利島へ着いた。

浜辺には数人の漁師と警察官が待ち受けていた。すぐに遺体の置いてあるアダンの木陰に案内された。遺体には毛布が被せられていた。その遺体を、さらに数人の漁師や村人が取り囲んでいた。

「遺体は、損傷が激しくて、だれの遺体だか分からない」

「サメだと思う。身体の大部分が、噛み切られてしまっている」

そう言う地元の漁師たちに頭を下げながら、千代は毛布を捲《めく》った。

亮子が悲鳴を上げて泣き崩れた。遺体は顔の半分が食いちぎられ両腕がなかった。引き裂かれた脇腹からは、腸や内臓が飛び出していた。

「遺体は……」

「はい、私の夫です。与那嶺亮助です」

「間違いないか？」

「はい、間違いありません」

遺体の身元を確認しに来たであろう警察官の問いに、千代はきっぱりと答えた。

「そうすると、まだ行方が知れないのは息子だな？」

「はい、そうです」

「息子の名前は与那嶺亮一だったな？」

「はい、そのとおりです」

警察官の次々と問いかける言葉にも、千代は丁寧に答えた。傍らの亮子は、顔を涙と雨で濡らし、怖い顔をして警察官を見上げていた。

千代はめまいがしそうだった。警察官の問いに丁寧に答えはしたものの、夫の身体の損傷は、漁師が言うようにあまりにも激しかった。魚がつついたのだろうか。脇腹からはみだした臓物は、さらに食いちぎれられていた。亮子を連れてきたことを後悔した。

額に残った短い髪や、右足首の傷跡は、間違いなく夫のものだ。身に着けた灰色の衣服も夫のものだ。息子の亮一は、あの日、藍色のズボンを身に着けて出かけたはずだ。

千代は、夫の額を撫で、膨れた体を撫でて何度もうなずいた。そして傍らの亮子を抱き寄せると、一気に涙が溢れてきて、声を上げて泣いた。

亮助の遺体を引き取って村に帰り、家で通夜を行った。遺体をシーツで覆い、亮太や亮健や美代はもちろんのこと、村人のだれにも見せなかった。村人はそのことを非難したが、千代は譲らなかった。

葬儀を行って、ひと月経過しても、亮一の遺体もサバニも発見されなかった。夫の死は諦めたが、亮一の死は諦めきれなかった。どこかで生きている、そんな気がして千代は何度も浜辺に立った。

亮助の葬儀を行った後、すぐに大きな台風がやってきた。波は激しく荒れ狂い、高波になって浜辺に打ちつけた。亮一もサバニもこの波にさらわれてしまう。遠くまで流されてしまうのではないかと思うと、波よ鎮まれ、風よ止まれと、大きな声で叫びたくなった。実際、風雨に叩かれながら、千代は大声で叫んでいたはずだ。

風雨に打たれながら海を見ているのは千代だけではなかった。亮一の恋人久子も人目を避けるように浜辺に出ては、波しぶきを受けながら祈るように海を見つめていた。あの日、亮一が着けていた藍色のズボンは、久子が手縫いをして亮一に渡したものだ。千代もこのことを知っている。

「お母、似合うだろう。久子が縫ってくれたんだよ」

亮一が、亮助に隠れて自慢げに千代に言ったのだ。よっぽど嬉しかったのだろう。それが死に装束になったのだろうか。

亮太は、台風が過ぎると兄の亮一が帰って来るのを祈って何度も浜辺に出た。亮一と一緒に見た夕日は、何事もなかったかのように赤い卵になって広い海に沈んでいった。

「太陽は毎日、同じことを繰り返している。でも、それはとても意味のあることだよ」

亮一はそんなふうに言っていた。亮太は考えの定まらないままに海に向かった叫んだ。

「亮一兄《ニ》イ兄イ！　帰って来て！」

何日も何日も、そんな日が続いた。

亮子は母親千代の前で、日増しに大きくなる不安を必死に抑えつけていた。亮子の不安は、父と兄は小さなサバニの上で争ったのではないかというものだ。亮一の恋人久子のことで激しく意見が対立していたから、あり得ないことではないように思われた。二人はもみあって海へ転落したのではないかと……。もちろん、萌してくるそんな不安を必死に打ち消した。

やがて、村人は亮一の捜索を打ち切った。それは仕方のないことであり当然のことだった。そして、与那嶺家を襲った不幸のことも徐々に忘れ去られていった。それもまた世の常である。しかし、与那嶺家を襲う不幸はこれだけでは終わらなかったのだ……。

5

与那嶺亮太の家族は、二人の働き手を同時に失った。それゆえに、残された家族の生活は、一気に貧しさのどん底に突き落とされた。千代が工面して蓄えたわずかばかりの金銭は、二人の捜索への謝礼や亮助の法事の費用などですっかり消えた。

千代と亮子はこれまで以上に魚を売りに近隣の村へ出かけた。遠くは十キロ余も離れた羽地《はねじ》や名護《なご》の地まで出かけて行った。魚は村の漁師から分けてもらえたから仕入れに困ることはなかった。しかし以前とは違い、売り上げのほとんどを仕入れ先の漁師に支払わねばならなかった。また、見栄えのいい魚や活《い》きのいい魚は漁師の家族が売りさばいたから、多くは雑魚だけの販売で大した金額にもならなかった。

それでも千代と亮子は、休むことなく、毎日魚を入れた籠を背負い、盥を頭に乗せて売りに出かけた。これが唯一の家族の収入源であった。

「ユー、コーミソーランガヤー（魚を、買いませんか）」

「イマユー、ヤイビンドー（新鮮な魚ですよ）。ユー、コーミソーランガヤー」

千代と亮子は隣村の間道を、声を上げ、汗を流しながら練り歩いた。生きるためだ。恥ずかしいことは何もなかった。村の女のだれもがやっていることだ。呼び止める声のないときには、思い切って門から庭の奥まで入って声を上げた。

亮太も、父と兄を亡くして一気に貧しくなった家族の変化に気づいていた。食卓に並ぶおかずの数も徐々に減っていた。もう小遣いも貰えず、村の共同売店からお菓子を買うこともできなかった。日用雑貨の購入もままならない母親の倹約する姿を見て、悲しい思いにとらわれた。

亮太は姉の亮子に代わって、朝早くから村の北外れを流れる兼久川から水桶で汲んだ水を天秤棒で運び、台所の水甕に貯めた。学校が終わると裏の畑を耕し、芋を植え野菜を育てた。弟の亮健と妹の美代も一緒に草をむしってくれた。幼い二人も家族の貧しさに気づいたのだろう。亮健は亮太の代わりにランプのホヤ（火屋）を磨いてくれた。

千代と亮子は、家を留守にする時間が多くなった。美代は何度も泣きべそをかいた。亮太はそんな美代をあやすように手をつないで兼久川《かねくがわ》に連れて行き、一緒に川エビや蟹を捕まえた。すると面白いように機嫌が直った。美代は川が大好きだ。もちろん、捕まえた川エビや蟹は、食卓に並んだ。

やがて美代も亮健も、どこへ行くにも亮太の後を追いかけるようになった。勇作や智子たちと遊ぶときもついてきた。勇作たちも二人を邪険にすることはなかった。勇作たちは、亮太が父や兄を失った家の事情をよく知っていた。

日曜日の朝、亮健と美代と一緒に芋畑にいるときだった。美代が突然大声を上げて泣き出した。

「ハブ（毒蛇）!、ハブだよ。お兄ちゃん、ハブに噛まれた」

亮太は驚いて鍬を投げ捨て美代の元へ駆けつけた。ハブに噛まれたら命を落とすことが多いからだ。亮健が美代の足元にいるムカデを指さしたときは、ほっとした。思わず笑みがこぼれたほどだ。

「ハブではない。ムカデだ。大丈夫だ、大丈夫だよ」

亮太は全身の力が抜け、緊張した心が萎《しな》びていくようだった。亮健が石を掴んでムカデを叩き潰している姿を眺めながら、美代をなだめてムカデを指さした。美代はよっぽど驚いたのか、小さな息を弾ませながら、目頭を手の甲で何度も拭いた。

亮太はその日、甘える美代を背中に負ぶって家へ帰った。

亮助が亡くなり、亮一が行方不明になってから二年経った。暮らしは良くならなかった。もともと体の弱い千代が無理をして体調を崩した。咳をしながら裏座で寝込むことが多くなった。亮子が看病をしながら千代の分まで魚を売りさばいた。次は亮子が倒れるのではないかと、亮太は心配した。村の漁師たちのサバニが浜辺に着くと、亮子は軒下に置いた籠を背負い、小走りに駆けて行った。

幼い美代が、いつも母親の傍らに座って心配そうに眼を潤ませていた。千代は、か細くなった腕を伸ばし、そんな美代の手を優しく撫でながら何度も言い聞かせていた。

「美代、心配しないでよ。お母ちゃんは、すぐに良くなるからね」

美代はうなずきながら聞いていたが、それでもじっと座ったままで、母親の傍らを離れようとはしなかった。

千代は、亮太や亮健をも手招いて呼び寄せ、同じことを言いながら頭を撫で、腕を擦《さす》り、励ますことがあった。亮健が涙を堪えているのが亮太にはすぐに分かった。そんなときは、亮健を浜辺に誘った。亮一兄がそうしたように、夕日を見て慰めた。

美代は川が好きだが亮健は浜辺が好きだ。亮一兄がいるときからそうだった。亮健の浜辺に行く回数が多くなっていた。その理由も亮太には分かっていた。亮太も徐々に山へ行くより浜辺に行くことが多くなった。そして、時々二人で声を揃えて海に向かって大声で叫んだ。

「お兄ちゃん！　早く帰って来て！」

亮太は、たぶん亮一兄はもう帰って来ないだろう、海に飲み込まれ死んでしまっていると思っていた。しかし、亮健は、そう叫べば、海や夕日が願いを叶えてくれると思っているようだった。亮太は、そんな亮健の願いが届けばいいと思った。一緒に声を上げると、本当に夕日や海が願いを叶えてくれそうだった。

「亮一兄イ兄イ！　早く帰って来て！」

二人の言葉に、海がざわざわと騒ぎ、波打ち際に白いしぶきを寄せた。夕日が揺れながらティダヌスディドゥクルに沈んでいく。その様子が、亮太には、明日、きっといい便りを届けてくれるような気がした。目前の海と夕日が必死に答えてくれているようにも思われた。

6

貧しさの中でも歳月はいつもと同じように巡ってくる。亮太の住む小兼久は小さな漁村であったが、豊漁を祈り、ミルクユ（弥勒世）を願う折目節目の行事は、個人の事情に関係なく間断なく続けられた。

小兼久は、隣村の大宜味から分離してできた村だ。二つの村の間には兼久川が流れているが、村全体で行う祈願祭や神行事は隣村の大宜味と一緒になって行われることが多かった。元旦から十二日の間にはトシビー祝い（生年祝い）が行われた。特に六十一歳の還暦から、七十三歳の古希、トーハキ（米寿）、カジマヤー（九十七歳）と呼ばれるトシビー祝いは盛大であった。長命な生年者の家には長寿をあやかるとして多くの村人が押しかけ、生年者からは祝い酒がふるまわれた。

その他、十六日の墓参り（旧一月十六日）、彼岸祭り（旧二月、八月）、アブシバーレー（旧四月二十日）、五月ウマチー（五月祭り。旧五月十五日）、そしてお盆（旧七月十五日）などは、村として欠かすことのできない大切な行事だ。

お盆行事は、ウンケー（お迎え）、ナカビ、ウークイ（お送り）と呼んで三日間に渡る祖先の霊を祭る行事である。沖縄のどの地域にもある行事だ。亮太の家でも亮助が亡くなってから仏壇が造られ、亮助の位牌が置かれて盆行事が行われた。質素ではあるがご馳走を供え、花や水を供え、サトウキビや果物を供えた。

千代は、二年経っても位牌に長男亮一の名前を刻まなかった。村人はもう亮一も海で犠牲になったはずだと、だれもが疑わなかった。そのマブイ（魂）を供養してやるべきだと千代に進言する者もいたが、千代は頑として受け入れなかった。今年も、亮助だけのマブイを迎え、送り出すためのウチカビ（冥土の紙銭）を焼いた。

大宜味と小兼久の両村が合同で行う賑やかな行事の一つに豊年祭があった。旧盆の十五日から数えて最初の十二支の亥の日に行われる。五穀の豊作を祈願し豊漁を報告して感謝の祈りを捧げる。その神行事に付随する祝賀行事として豊年祭が行われるのだ。

豊年祭は一年おきに催される両村の行事であるだけに、村人が大変楽しみにしている行事の一つである。大宜味の神アシャギ前に、即席の舞台が造られ踊りが奉納される。小兼久からも幟《のぼり》を立てて踊り手たちが行列を作り舞台衣装などを披露しながら道ジュネーをして（村の道を歩き）大宜味まで出かけていく。奉納踊りをする踊り手たちはひと月前から踊りの練習に参加する。

亮太の家族は、亮助を海難事故で亡くしてからは、村行事への参加も、ひっそりと行っていた。旧盆行事等をも含めて千代や亮子が作る料理も、明らかに品数が少なくなり質素なものに代わっていた。

それでも亮太にとっては、村の豊年祭など心躍る行事は多かった。亮健や美代にとってもそうであっただろう。幼い兄妹は祭りの日などでも、さして変わることのない食卓の前に黙って座り、急いで食べ終えると、すぐに家を飛び出した。

「子どもたちに、もっと美味しいものを食べさせることができるといいのにね。こんな日だけでもねえ……」

千代が肩を落とし、つぶやくように目を伏せる。千代は、疲れで時々寝込むようになってから一気に痩せてしまった。

亮子が千代を励ますように食卓の上を片付けながら明るく笑う。

「お母、今日はタナガー（川エビ）の天ぷらがあるんだよ。十分にご馳走だよ」

「そうだね、亮太が捕ってきたんだよね」

千代が亮太に向けて問いかける。

「うん、美代と亮健も一緒だよ」

「有難うね、亮太……。美代と亮健の面倒も見てくれてね、助かるよ」

千代が感慨深げに亮太に言う。母親の感謝の言葉に亮太は少し誇らしい気分になったが、同時に少し恥ずかしくもあった。

亮子が、亮太へ目配せをしながら明るく笑って言う。

「亮太は、いつの間にかタナガーを取るのも上手になったんだね。海も嫌いではなくなったようだし……。これからも亮健や美代の面倒を見て頂戴ね」

そんな亮子と亮太を見ながら、千代が笑顔を浮かべて亮太に問いかける。

「亮太は幾つになった？」

「もうすぐ十五歳」

「そうか……、お父と兄イ兄イを亡くしてから、お前にも苦労を掛けっぱなしだねえ。勇作たちと、もっと遊びたいだろう？」

「大丈夫だよ、お母、心配しないでいいよ」

亮太の言葉を、亮子が引き継いで笑って言う。

「亮太は、我が家の大黒柱だからねえ。薪割りも、水汲みも、畑仕事も亮太が手伝ってくれる。亮健と美代の面倒まで見てくれる。有難うねえ、亮太、私も助かるよ」

亮子の感謝の言葉にさらに照れ臭くなって、亮太は千代に向かって言う。

「お母、亮健も美代もお利口だよ」

「うん、うん、有難う。亮子も亮太も優しいし……。私はこんな子どもたちを持って幸せ者だよ。

お父と兄イ兄イの分まで幸せにならなけりゃねえ」

「そうだよ、お母、何も心配いらないよ」

亮太と亮子が顔を見合わせて、千代を励ます。

千代は肩を落とし、腰を曲げて茶碗を手で撫でるように持っている。亮太は、お母が一気に歳をとってしまったように思われる。今日のお母は何だか元気がない。亮太よりも先に、亮子が千代を励ますように声を掛ける。

「お母、あのね、今年の豊年祭では久子ネエも踊るってよ。久子ネエは美人で踊りが上手だからねえ」

「久子?」

「あれ、お母よ、忘れたの? 亮一兄イ兄イの恋人さ」

「ああ、そうだった、そうだったねえ」

「お母、今年はね、ぼくの友達の智子も踊るんだよ」

「智子?」

亮太の言葉に、またお母は首をかしげる。亮子がまたも言い継いだ。

「智子は、亮太や勇作たちの友達さ、いつも一緒に遊んでいるでしょう」

「ああ、そうだった、そうだった」

千代は、そう言いながら茶を啜った。今日のお母はどうかしている。亮太はそう思って千代を見た。千代は、うなずきながら飲み干した茶碗を食卓の上に置こうとした。が、それができずに茶碗をひっくり返した。手が震えている。

「お母！」

亮太と亮子が同時に叫んだ。千代が身体を支えきれず横に倒れた。慌てて駆け寄った亮太と亮子を見て、千代が小さくつぶやく。

「大丈夫、大丈夫だよ。ちょっと目まいがしたんだ」

「お母……」

「大丈夫だよ……。少し疲れたから、先に寝るよ」

千代がそう言いながら自力で立ち上がろうとする。が、困難なようだ。

亮子が、そんな千代を抱えながら起こそうとして鋭い声を上げる。

「お母！　ひどい熱だよ……」

亮太も駆け寄る。亮太の手にもお母の体温が伝わってくる。

「お母、なんでこんなになるまで黙っていたの。亮太、布団を敷いて！」

亮子の目から涙がこぼれている。

「うん」

亮太も、泣きそうになるのを必死に堪える。急いで床の間に布団を敷く。お母はこんなにも苦労をしていたのだ。家族のために、愚痴一つこぼさず働いていたんだ。

亮子と亮太で、千代を抱えるようにして寝床に横たえる。歩くことさえ困難なようだ。亮子が横になった千代に怒ったように言う。

「お母は、私の言うことを聞かないで無理をするからだよ。木陰で休もうと言っても、魚が腐るからと言って……。暑い日差しの下でも頑張り過ぎるからだよ」

「うん、うん、ごめんね、亮子……。でも、心配しなくていいよ、心配しないでね、亮太、すぐよくなるからね」

千代は、そう言って目を閉じた。

亮子がタオルを濡らして千代の額に当てる。亮太はその仕種をじっと見続けていた。

7

千代は病床に臥して以来、なかなか健康を快復することができなかった。無理をして起き上がることもあったが、魚を籠に入れて日中の暑い最中を、隣村まで出かけて売り歩くことはもうできなかった。それでも亮太と一緒に、体調のいい日には野菜畑の手入れをしたり芋を植え付けたりした。

亮子と亮太は千代の病を治すためにあれこれと相談をし、できることを精一杯実行した。二人は、病を患った村人みんながそうするように、まず隣村の真順タンメーと呼ばれる医療の知識のある老人を呼んだ。近隣の村に病院があるわけではなかった。あったとしても診察費や治療費を払える現金はなかった。

真順タンメーは、聴診器を持っていた。千代の胸に聴診器を当て心音を聴いたり、千代の手首を握って脈を取ったりした。額に手を当てて熱を測ったりしたが病気の原因を言い当てることはできなかった。

「熱が出たら、この薬を飲ませなさい」

そんなふうに言って、小さな紙に包んだ粉薬を亮子に渡した。

亮子と一緒に枕辺で心配そうに膝をついて座っている亮太や亮健、美代を眺めて、苦し気な笑みを漏らしながら言い継いだ。

「お母には、できるだけ栄養のある物を食べさせなさい」

そう言って真順タンメーは、腰を折り杖をついて歩き去った。

四人の子どもたちは、千代のために、それぞれができることを改めて考え実行した。亮子は炊事や家事一切を取り仕切り、さらに暑い最中を毎日、籠を担いで近隣の村まで出かけ魚を売り歩いた。亮太は水を汲み畑を耕した。それだけでなく、村の漁師でお父の友達の平良《たいら》のオジーにお願いをしてサバニに乗せてもらい、漁を手伝って魚を分けてもらった。亮健と美代は薪を集めた。

千代は、寝床から健気に働く子どもたちを見て、涙を何度も拭った。気分のすぐれない日と、快調な日が交互にやってきて、千代を苦しめた。

子どもたちは必死に働いて、千代に美味しいものを食べさせようと努力した。そして、だれもが願わくば遠くの町まで千代を連れて行って、病院で診察を受けさせたかった。

亮太は、入院費や診察費を工面するのは自分の役目だと思った。いつものように芋と味噌汁に、畑から収穫した野菜を炒《いた》めたおかずだけの夕食を済ませ、亮健と美代が寝床に就いた後、亮太は亮子に告げた。

「姉エ姉エ……。ぼく、糸満《いとまん》に行くよ」

「えっ、なんだって?」

食卓の前に座り、亮健の服の破れを繕っていた亮子が、顔を上げて驚いたように亮太に聞き返した。

亮太はまっすぐに亮子を向いて、長く考えてきたことを告げた。

「ぼく、聞いたことがあるんだ。糸満の漁師の家で前借金をして働くことができるって。それを糸満売《いとまんう》りと呼んでいるようだけど、その糸満売りに出たいんだ」

「……」

亮子が顔を伏せて沈黙する。亮太はさらに言い続ける。

「決めたんだ。二十歳までの五年間を住み込みで働いて、働く分のお金を前もってもらうんだ。借りた分のお金は返す必要はない。五年間、糸満の漁師の家で住み込んで働けばいいんだって」

亮子が顔を上げて亮太を見つめる。仲のいい姉弟に緊張が走る。

「亮太……、何を言っているの。ここでみんなで力を合わせて働けばいいんじゃない。亮太は平良のオジーのサバニにも乗って、十分頑張っているじゃない」

「少しずつしかお金は稼げない。お母を病院へ連れていくお金にはならないよ。村には返す当てのないお金を貸す人はいない。また大金を持ち合わせている余裕のある人はいないって。糸満売りのことは区長の屋良《やら》さんからも聞いたよ」

「学校は？　学校はどうするのよ」

「三月には卒業だよ。高等科には行かなくてもいい。勇作も、義男も高等科に行かずに村でウミンチュになるって」

「亮太も、そうすればいいんじゃない？」

「ぼくは、まとまったお金が欲しい。村で修行するのを糸満でするると考えればいいんだ」

「糸満売りはきついよ。修行が辛くて、逃げて帰る人もいると聞いたことがあるよ」

「ぼくは大丈夫だよ。心配ない、頑張れるよ。お母の病気を治すためだ。それに……」

「それに？」

「亮健や美代にも、辛い思いをさせたくない。今は新しい学用品やお菓子だって買えないんだろう。姉エ姉エが直してくれているズボンだって、もう継《つ》ぎ接《は》ぎだらけだよ。ぼくが糸満に行けば新しいズボンだって買うことができる」

「……」

「姉エ姉エ、ぼくは今そうしないと後悔すると思うんだ。お母の病気が手遅れになったら大変だよ。サバニに乗せてもらっている平良のオジーにも相談したんだ。平良のオジーは、お前がよく考えて本当にそうしたいと思うなら、そうしたらいいと言ってくれた。平良のオジーは区長の屋良さんにも相談してくれた。二人で糸満の漁師と掛け合って契約書を交わしてくれてもいいと言っている。糸満売りの斡旋をしてくれる人が宜名真《ぎなま》にいるんだって」

「あんたは、もうそこまで考えていたの？」

「そうだよ。糸満の漁師は時々、村にもやって来るだろう、心配ないって。二十歳になったら戻って来るよ」

「亮太……、私が、糸満に行こうか」

「何言ってるんだよ。姉ェ姉ェは残って、母さんや、亮健、美代の面倒を見て欲しい。そして病院のことなど、後のことをいろいろとお願いしたいんだ」

亮子は、黙って亮太を見つめた。

「いつの間に、私の弟は、こんな考えができるような大人になったんだろう……」

「亮太、あんたは海が嫌いだっただろう？　糸満売りは、毎日、毎日、海を相手の暮らしだよ」

「うん、分かっている。海は好きにならないといけないんだ。亮一兄イ兄イにそう言われたことがある。海で働くためには、海を好きにならなければいけないと」

亮子は、肩にかけていた手拭いで額の汗を拭った。それから、瞼に滲んだ涙を拭った。思いがけないことだったが、亮太の母親を思う気持ち、家族を思う気持ちが健気だった。同時に亮太にそんな辛い選択をさせた貧しさが憎かった。亮太が不憫でならなかった。

母親の千代が亮子を呼ぶ声が聞こえた。寝床からの声だ。まさか今の話しが母親の元へ届いたとは思われないが、二人は顔を見合わせた。

亮子は千代へ返事をした後、亮太の肩を引き寄せて抱きしめた。亮子の目にも亮太の目にも涙が溜まっていた。

「ごめんね、亮太……」

「ううん」

亮太は、頭を振り手のひらで涙を拭った。

亮子が亮太の肩を叩き、そして立ち上がった。

「お母には、いつ、言うの？」

「今でもいいよ」

「よし、分かった」

亮子の言葉に、亮太も立ち上がった。

亮太は、その翌日、平良のオジーの家を訪ね糸満に行く決心がついたことを告げた。そして家族皆が了解してくれたことを伝えた。

平良のオジーは、あまりにも早い決心に、最初は驚いていたが亮太の話を聞いて納得し、亮太を連れて区長の家へ再度お願いに行ってくれた。

区長は二人の話を聞いて、うなずきながら了解した。そして糸満漁師との契約の準備、その他、一切の世話を見てくれると約束をした。

「帰ってきたら村の漁業の発展に尽くしてくれ。亮太の五年間は村の財産になる」

そう言って励ましてくれた。亮太は嬉しくて何度も感謝のお辞儀をした。

亮太が「糸満売り」で村を離れるという噂は、すぐに村を駆け巡った。亮太はこのことを、智子には直接告げたかった。

智子の豊年祭での踊りは素晴らしかった。「谷茶前《たんちゃめー》」という踊りで男役を踊ったが可愛かった。櫂《かい》を持って鉢巻をして勇壮に踊った。

亮太は海を眺める浜辺に智子を誘った。智子は亮太が告げる前に、糸満売りに行くことをすでに知っていた。

「有難う亮太、伝えてくれて……。心配していたのよ。勇作も義男も心配しているよ」

「うん、勇作にも義男にも話をするよ」

「うん、そうしたほうがいいよ。でも……、亮太がいなくなると寂しくなるよ。二人は、どうか知らないけれど、私は寂しいよ」

私は寂しいよ、という言葉が亮太の胸を熱くした。亮太も急に寂しさが込み上げてきた。

「智子……、きれいだったよ」

「ええっ？　何？」

「村の豊年祭での踊り……、とても可愛かった」

「何言ってるの、こんな時に……、恥ずかしいよ」

亮太の言葉に、智子が急に押し黙った。砂浜の砂を、うつむいて手で握り始めた。首筋から女の子の匂いが立ち上ってきて亮太の鼻孔をくすぐり、心を掻き乱す。男勝りの智子だったが、もう女の子になっている。

智子の家は、亮太の家と道向かいに建っていた。同じ年に生まれたので幼いころからいつも一緒だった。海へ行くにも山へ行くにも、学校へ行くにもだ。別れるとなると、思わず智子への熱い思いが沸き起こってきた。智子への思いが口をついて出そうになった。それよりも先に智子が顔を上げて問いかけた。

「何年間?」

「何が?」

「糸満にいるの」

「五年間だ。二十歳になったら帰って来るさ」

「そう……」

智子が、再びうつむいた。亮太は思い切って言う。

「待っていてくれる?」

「何が?」

「二十歳になって帰って来たら、ぼくと結婚しよう」

智子も亮太も結婚するということが、どういうことなのか、たぶんまだよく分かっていなかった。亮太は、亮一兄と久子姉エのことを頭に描いていた。大人の約束だが、子どもの自分にもできると思った。

「糸満には、可愛い子がいっぱいいるんじゃないかな」

「そんなことはないさ。智子が一番だよ」

「本当？　本当に一番？」

「うん、本当だよ」

「じゃあ、分かった。約束する」

智子が、亮太を見つめて返事をする。智子の髪から漂う女の子の匂いが亮太の熱い思いをさらに熱くした。

「約束の指切り」

そう言ったのは智子だった。智子が差し出した右の小指に、亮太も自分の右の小指を出して絡ませた。そして二人で唱えた。

「指切りげんまん。嘘ついたら、針千本飲～ます」

亮太は唱えた後、高鳴る胸の鼓動を聞きながら、智子の肩に手を置き、そっと智子の額に自分の唇を押し付けた。なぜそうしたのかは分からない。それが約束の印だ。そんな心の声に突き動かされたような気がする。それから亮太は、嬉しさのあまり、立ち上がると、海に向かって駆けだした。

波打ち際に立つと、波がザブンザブンと足下に寄せてきた。海が亮太と智子の約束を祝福してくれているように思った。この海が糸満まで続いているのだ。頑張れるはずだ。そんなふうに自分に言い聞かせた。

「私、寂しくなったら海を見て、亮太を応援するね」

いつの間にか、智子が亮太の傍らに立っていた。

8

亮太が糸満売りと称される苦難の修行と奉公の決意をしたのは一九三五（昭和一〇）年だ。その年の前後、日本は徐々に軍事的色彩を濃く有した国家になりつつあった。一九三一（昭和六）年には満州事変が起こり、翌一九三二（昭和七）年には満州国建国が宣言される。同じ年、国内では犬養《いぬかい》毅《つよし》首相が暗殺される「五・一五事件」が起こった。

軍部の政治への干渉は、年々強まっていた。一九三六（昭和十一）年には、陸軍将校たちによるクーデターが勃発する。世に言われる「二・二六事件」である。若き将校たちは政府の重要人物である大臣の斎藤実、高橋是清などを殺害し、永田町一帯を占拠する。しかし、決起した彼らの行動は反乱軍とみなされ事態は終結される。首謀者の青年将校らは逮捕され処刑される。軍部の政治への介入はそれ以降も止まず、むしろますます強くなる。やがて政府は軍部の傀儡政権の様相を呈するようになる。

　昭和十年代には中国大陸でも、首都東京でも軍靴の音は徐々に大きくなっていた。しかし、ヤンバルでは、軍靴の音よりもまだ波の音が響いていた。十五歳になった亮太はその波の音を聞きながら糸満売りを決意したのである。

　平良のオジーと屋良区長は、亮太の後見人になって糸満売りの世話をしてくれた。契約書を交わしてくれるだけでなく、糸満の漁師が帆とエンジン付きのサバニで迎えに来てくれる手はずまでも整えてくれた。

　亮太は出発までの日々を数えながら、不安と緊張に心を揺さぶられた。その度に家族のためだと言い聞かせ、その不安を振り払った。智子との約束を、折れそうな心の支えにした。

「亮太、本当に糸満に行くのか？」

　義男が心配そうに、亮太の顔を覗き込む。勇作、智子の三人と亮太は久し振りに村の背後の山に登った。頂上には「兼久メンパー」と呼ばれる平地がある。ここからは村を一望できる。さらに遠くまで広がる大海をも見渡せる。四人は立ち上がって、きらきらと光る海に目を向けながらポツリポツリと話し出していた。

「村でウミンチュ（漁師）の修行をしてもいいのではないか？」

　口火を切った義男がさらに尋ねる。

亮太は傍らの草を手で千切り、噛みながら首を振って答える。

「五年経ったら戻って来るよ。そして、みんなと一緒にこの村でウミンチュになる」

遠方には古宇利島が見える。父の遺体が流れ着いた島だ。草の苦みが口中に広がる。

勇作が義男の傍らから口を挟む。

「村でウミンチュになる前に、糸満で修行をするんだと考えたらいいさ。どうってことないよ。なあ亮太?」

勇作の言葉に、亮太もうなずいた。三月にはみんなで一緒に学校を卒業する。もうすぐその三月だ。勇作と義男の二人は、卒業と同時に、この小兼久でウミンチュになる。

義男がなおも諦めきれずに亮太に翻意を促す。

「村での修行と違って糸満の修行は厳しいと聞いているよ。一緒に三人で、この村でウミンチュになろうよ。お金を貯めて、三人で一緒にサバニを買おうよ」

「有難う、でも、それはできない……」

「亮太は、頑張り屋だから大丈夫だよ、ねえ、亮太」

「なんでお前が分かるか」

傍らからの智子の言葉に、義男が不満げに言う。

勇作が亮太の肩に手を置いて言い放つ。

「亮太には亮太の事情があるんだよ、なあ亮太」

亮太はそれには答えずに、黙って眼下の村に目を遣る。

亮太の家と智子の家が向かい合って建っているのが見える。それから目前の大海に目を遣る。あの海の向こうに太陽が沈むスディドゥクルがある。亮一兄が夕日を眺めながらそう言っていた言葉を思い出す。そして裏山を越えた東の海から太陽が現れる。太陽は苦しみも喜びも受け入れて毎日を繰り返しているのだ。

やがて、義男も観念したように草を噛みながら無口になった。それぞれが、別れる寂しさと同時に、自らの未来の人生へ思いを馳せたのだろう。

亮太は、再び眼下に目を遣った。母が病で臥せている我が家が見える。目の前の椎の木の梢が風に揺れて葉裏をきらきらと光らせた。梢の間から小さな茅葺の家が見える。それが我が家だ。

「亮太が、戻ってくるときはみんな二十歳だ。頑張ろうなあ」

義男が、そう言って、足元の石を拾い村に向かって力を込めて投げつけた。もちろん届くはずはない。

「あのね、四人で指切りしよう」

智子の声にみんなの顔が智子を向く。亮太は少したじろいだ。なんだか智子と二人だけで行った秘密の指切りが秘密でなくなるような気がしたのだ。

「何の指切りだ」

義男がすぐに尋ねる。

「あれ、みんなが頑張るっていう約束の指切りさ」

「分かった」

義男の言葉と同時に、すぐに輪が作られ四人の小指が輪の中で絡み合った。

「指切りげんまん。嘘ついたら、針千本飲～ます。指切った！」

四人は、大きな声で誓い合い再会を約束した。

亮太が出発する朝、糸満の漁師は前夜からやって来て区長の家に宿泊した。亮太も呼ばれて区長宅で対面した。姉の亮子も一緒だ。

糸満漁師の名前は上原泰造《うえはらたいぞう》だと紹介された。日に焼けて黒く光る顔をしていた。笑顔を浮かべていたが、眼光は鋭く亮太の身体を嘗め回した。そして茶碗に注いだ泡盛を飲んだ後、大きな声で亮太に言った。

「身体は、どこも悪いところはないか」

「はい、大丈夫です」

「そうか、それはよかった。明日は早い出発になる。今日は早めに寝ておけ」

「はい、よろしくお願いします」

亮太と一緒に、姉の亮子も頭を下げた。

泰造は亮子を見たが、それには答えず、再び泡盛を口に含んだ。

家に帰ると、母親の千代が涙を浮かべて、亮太を枕元に手招いた。

「お母は、きっと良くなるからね。そうじゃないとお前に済まないからね。お母のことは気にせずに体に気を付けて頑張るんだよ」

「うん」

亮太は、千代の言葉に、ずっと我慢していた涙をこぼした。慌てて手で拭った。

「いいんだよ、亮太、我慢することなんかないんだよ。泣きたいときは泣くんだよ」

千代が体を起こして亮太を抱き寄せる。細くなった手で亮太の頭や肩、そして背中を撫で回す。お母の温かい言葉に再び堪えていた涙が溢れそうになる。

「さあ、向こうへ行って、みんなと一緒にご飯を食べなさい。今日は、みんなと一緒の最後の食事になるね。刺身があるはずだから、ご馳走だろう」

「うん……。お母、元気でよ。きっと良くなってよ」

「うん、お母も頑張るから、亮太も頑張ってね」

「うん」

「亮太兄イ兄イは頑張り屋だからな。お母、大丈夫だよ」

近寄って来ていた亮健が、亮太の傍らで声を上げる。

「うん、亮健も頑張れよ」

「うん」

「美代を守ってやれよ」

「うん、マカチョーケー（任しておけ）」

亮太は亮健の手を取って立ち上がった。そして、美代と亮子姉《ネ》ェ姉ェの待つ食卓へ向かった。

翌朝早く、亮太はお父の位牌に手を合わせた。糸満までの航海の無事を祈り、留守の五年間の家族の幸せを祈った。

浜辺に着くと、上原泰造はもう支度を整えてサバニに乗っていた。智子や勇作や義男も見送りに来ていた。屋良区長や平良のオジー、そして数人の村人たちも見送りに来ていた。

亮太は、大きな風呂敷にわずかばかりの着替えと身の回りの品を入れてサバニに乗り込み中央に座った。すぐにサバニに取り付けたエンジンが音を立てた。

サバニが砂浜を離れると、亮健と美代が大きな声を上げながら、波打ち際まで駆け出して来た。大きく手を振る。その背後に、智子も勇作も義男も、姉の亮子もいる。みんなが手を振っている。

亮太は、一度だけ背後を振り返ってみんなに手を振った。それから正面の舳先《へさき》を睨みつける。糸満は本島南部の西海岸にある。小兼久から糸満までまる一日の海路になる。もう一度背後を振り返る。亮健や美代の姿はもう米粒のように小さかった。我慢して振り返らなかったことを後悔したが、これが頑張ることなんだと自分に言い聞かせた。

朝の海は、まぶしかった。亮一兄が話していた夕暮れどきの優しい海とは違うように思われた。目覚める海、躍動する海だ。銀色の翼を持った魚たちが船べりを走る。白いしぶきが朝日に照らされて歓喜の声を上げる。亮太は、この海と格闘し、自分のものにするんだと強く言い聞かせた。村を離れる寂しさや不安と同時に、大きな希望のようなものが沸き起こって来る衝動をも感じていた。

第二章

糸満

1

糸満の海の色は、環礁の内と外では全く違う。環礁の内では海底の珊瑚までも見通せるほどに透明度が高く澄み切っている。むしろ色がないと言っていい。手の届くほど身近にある海底の珊瑚や海草の色が目に映る。それらの色と空の色が海面で混じり合い、遠くから眺めると淡い青緑色を作っている。作っているのではなく正確にはそのような色で目に映るだけなんだろう。環礁内の海水はあくまでも無色透明である。

環礁の外では海面は濃い群青色に変わる。沖合に進むと、さらに濃度を増して不気味な黒色になる。光が海底まで届くことなく海面でぎらぎらと波を揺らす。もちろん、海水に色が付いているわけではない。黒色の海には海底が見えないだけに魔物が棲んでいるように思われる。眺めているだけで、だんだんと恐ろしくなる。得体の知れない深海の魔物に引きずり込まれるのではないか。そんな恐怖を覚える。

亮太は糸満に到着すると、すぐに厳しい訓練の日々に明け暮れた。一人前の漁師になるために長くは待ってくれなかった。そのため、訓練は到着した翌日から始まった。

亮太は、なんとか泳ぐことはできた。しかし、一人前の漁師になるためには遊びのような泳ぎでは駄目だ。魚を網に追い込み、貝を捕るためには、常に二、三十メートルの深さを息を継がずに潜らなければならない。遊びではなく生活がかかっていた。そのための訓練で容赦はなかった。

亮太の訓練は、主に先輩格の武男《たけお》が受け持った。親方から言いつけられ一任されていたのだ。それだけに訓練は手厳しかった。

訓練は亮太と一緒に糸満売りされてきた隆《たかし》も一緒だった。隆は小兼久の隣村の喜如嘉《きじよか》の出身で、亮太より三歳年下で二週間早く糸満に到着していた。隆は泳ぎが全くの苦手で、いつも悲鳴を上げげた。肩で息をし、時には武男から櫂で殴られた。

二人一緒に、重い石をそれぞれの胴体に巻き付けられて海へ投げ込まれた。苦しくなって、もがきながら浮かび上がると、すぐにまた頭を掴まれて海中に押し込まれた。それを何度も繰り返した。また縄を付けた石を海中に沈め、その縄を手繰るように海底深くまで潜る訓練もした。石だけを投げ入れてその石を探して来るようにと命じられることもあった。目当ての石を見つけることは容易ではなかった。石を取ることができるまで何度も続けられた。耳が、きーんと悲鳴を上げた。実際、糸満の漁師で鼓膜の破れた漁師は多くいると聞いた。

環礁外で行われる訓練の一つに、サバニの底を右から左へ潜り、さらに左から右へと何度も往復する訓練もあった。身に着けているのは手製の水中眼鏡と、パンツ一枚だけである。海底の見えない訓練では、サメに襲われるのではないかという不安にも駆られた。魔物に海中深く引きずり込まれるのではないかという恐怖心とも戦った。

これらの訓練はみな、海上にサバニを浮かべて炎天下で行われた。体中が陽に焼けてひりひりと痛んだ。船上ではアカギンと呼ばれる漁師の服を着けて暑さをしのいだが、すぐに裸になって海に飛び込まねばならなかった。皮膚から血がにじみ出た。いつの間にか頭の毛は赤い色に変わっていた。

糸満漁夫の漁法は数多くあった。そのどれもが泳ぎが必要である。「アギエー」と呼ばれる追い込み漁、はえ縄漁、海中に潜ってのタコやエビや貝などの採取もその一つである。

当時、糸満ではアギエー漁が盛んであった。船団を組んで沖合に出て網を張り、魚を追い込んで引き上げるのである。それが大きな利益を上げていた。糸満売りされた少年たちも、その船団に加わり、追い込み漁をする漁師の仲間に加わることができれば一人前だと言われた。魚は沖合に出れば出るほど豊富で漁獲量が増す。それだけに厳しい泳ぎの訓練を受けた。

アギエーと呼ばれる追い込み漁については、武男以外の仲間からも何度か説明を受けた。特に仲間の一人の雄次《ゆうじ》は丁寧に説明してくれた。一人前の漁師として漁に参加するためだ。

雄次の説明によると、アギエーは袋網と袖網と呼ばれる二つの網を海中に仕掛ける。それぞれの網の上部には、幅四寸角の杉板がほぼ五寸おきに付けられてウキの役目をする。網の下部にはタカラガイが結び付けられ、さらに重石が付けられる。袖網は、幅六~九尋、長さ十六尋ほどの網だが、場所や魚の群れによって何枚も継ぎ足される。素早く取り外したり、継ぎ足したりするのも海中で行われるので泳ぎが得意でなければならない。

魚群が見つかるとまず袋網が降ろされ、次に袖網が降ろされる。二つの網が素早く連結され、袋網は潮の流れを正面から受けるように張られる。網を張り終わると、漁夫たちが遠くから列を作って潜り、スルシカーと呼ばれる魚を追い立てる道具を持って岩礁間の魚群を袋網に追い立てる。

スルシカーというのは、石に長い縄を結び付けたもので、これで海底を叩くのである。縄にはクバの白い若芽を差し込む。揺らして魚を脅すためだ。両方の袖網は内側に巻き込むようにして魚の逃げるのを防ぐ。魚群が袋網に入ったら網の下部から魚を包み込むようにして引き上げるのである。

「亮太！　いいか、次の船団から、漁へ出るぞ！　分かったか」

武男から、怒鳴るような声で告げられた時も、亮太は訓練の厳しさに船上で仰向けになり全身で呼吸をしている時だった。深く潜る訓練の疲れで返事ができなかった。顔を横に向けて武男を見る。

「いつまでも、だらだらと訓練だけをしているわけにもいかないだろう。ただ飯を食っているわけにはいかないんだ。分かっているな！」

亮太は小さくうなずく。糸満に着いてから、もう半年余が過ぎていた。

親方はサバニを二艘持っている。袖網も六網ほど持っていて、糸満売りされたヤトイングヮ（雇われた子ども）は七人いる。潜りのできるヤトイングヮは二艘のサバニに分乗させられてアギエーの船団に参加する。その一艘に、次の船団の漁から亮太も参加せよというのだ。一艘のサバニのトヌムイ（船頭）は親方だが、もう一艘のサバニのトヌムイは武男が執る。

「俺のサバニに乗る。いいか！」

武男の言葉に亮太は頭を上げ、肩で息をしてうなずく。

「隆！　お前はまだまだだ。いつまでもうまくならないと叺《かます》に詰め込んで海に投げ入れるぞ！分かったか！」

隆が、それを聞いて亮太の傍らで声を押し殺して泣き出した。

亮太は隆の方へ身をよじり、手で隆の肩を小さく叩いて励ました。

上原泰造の元には六人の男のヤトイングヮと一人の少女のヤトイングヮがいる。少女のヤトイングヮは伊佐川洋子《いさがわようこ》である。亮太と同じ年齢だ。亮太より先に隆と一緒に糸満に着いていた。三人は前後して糸満売りされたので、何かにつけて励まし合っていた。特に洋子は三つ年下の隆を気遣って、いつも優しく声を掛けていた。亮太もこのことを好ましく思っていた。

男のヤトイングヮは年長者から、名嘉真武男《なかまたけお》二十二歳、田港盛勇《たみなとせいゆう》十九歳、東恩納富雄《ひがしおんなとみお》十八歳、大城雄次十八歳、そして与那嶺亮太十五歳、国吉隆《くによしたかし》十二歳の六人だ。みんな、それぞれの事情を抱えての糸満売りであった。

「亮太は、アギエーへ参加できると聞いたが、大丈夫か」

突然、夕食の席で親方に声を掛けられた。亮太は一瞬緊張した。親方はめったに亮太たちヤトイングヮに声を掛けることはなかったからだ。

「武男から、泳ぎが大分上達したと聞いたが、アギエーに参加してみるか」

「はい」

亮太は、箸を置いて親方の方へ向いて返事をした。アギエーに参加するとハナゼニといって、小遣いがもらえる。

「そうか、よく頑張ったな。それでは、次のアギエー漁には、お前の名前を書き込んでおくからな。慶良間《けらま》沖での漁になる。いいな」

「はい、お願いします」

亮太の返事に、目の前の武男が誇らしげに顔を上げる。

「こいつを一人前にするには苦労しましたよ。いつまでも覚えが悪くて、役立たずですよ。俺もよく頑張ったもんだよ」

武男が皮肉な口ぶりで亮太を見下して笑う。武男の理不尽な訓練のことが思い出されて、感謝の言葉が思わず消える。特に隆には、いじめと思われるほどに辛く当たっている。

「隆は焦らんでもいいんだ。お前はまだ幼い。環礁内でのバンタタカー（浅い海で海面を叩きながら魚を網に追い込む漁法）で、もう少し訓練してからだ。いいな」

「はい」

「しかし、いつまでも待てんぞ。武男にしっかり鍛えてもらえ。武男、いいか」

「はい、任せていてください」

親方の言葉に、武男がにやりと笑みを浮かべる。

隆は、箸を掴みながら、手の甲で悔し涙を拭ったように思われた。

糸満で亮太たちを引き受けてくれた上原泰造のことを亮太たちは親方と呼んでいる。武男の訓練は厳しかったが、親方も、また親方の家族も優しかった。他の親方や網元に雇われているヤトイングヮの話を聞くと、まるで信じられないほどの仕打ちが行われていた。食事も親方家族と一緒の部屋で食べることは珍しく、いつも別棟のヤトイングヮが寝起きをする場所で摂ると言っていた。亮太たちは寝起きをする場所は別棟の離れ屋であったが、食事を摂る場所は、親方家族と一緒の母屋だった。もちろん食卓は別だ。

武男はヤトイングヮの中では一番の年長者だ。十六歳の時に五年の契約で親方の元にやって来ていたが、さらに契約を五年間延長していた。親方の元で働くのは六年目になり、親方の信頼も厚く、年下のヤトイングヮたちの指導を一任されていた。しかし、他のヤトイングヮからは横暴な態度が嫌われ、裏表のある性格が嫌われていた。親方の前では平気でゴマをすり、嘘をついた。

親方とタキ夫妻には五人の子どもがいた。長女の孝子、次女の優子、三女の節子、四女の末子、そして唯一の男の子の公造がいた。長女の孝子は、すでに結婚して家を出ていた。相手は那覇の壺屋の陶器職人の男だという。長女の孝子の話がでると泰造はすぐに不機嫌になったから、孝子は泰造から反対されての結婚であったのだろう。孝子は家にもめったに帰って来なかった。

次女の優子は二十三歳で、武男との仲がヤトイングヮの中で噂されることもあった。一番下の男の子の公造は三歳になったばかりで、泰造は一人息子がいとおしくてたまらないようだった。食事のときなどは、膝に抱えて自ら箸でおかずを挟んで口まで運んでやることもあった。

糸満売りとは、雇い主から前借金をして年季奉公をする制度や人々のことを総称した。網元や親方と呼ばれる雇い主は糸満ばかりではなく各地にいたが、多くが糸満で奉公したために糸満売りと呼ばれるようになった。実際昭和十五年ごろの糸満の人口は五〇〇〇人ほどであったが、その中の一〇〇〇人ほどがヤトイングヮであったという。

糸満売りは、沖縄県だけに見られる特殊な雇用制度であったようだ。農村の貧困が原因となるものが多く、農村のうちでもヤンバルと呼ばれる国頭村や大宜味村、また北部の離島など、貧しい家庭からの糸満売りが多かったようである。

糸満売りの起源は明らかではないが、明治の中期ごろから急激に増えたようだ。それは刳船が杉材を繋ぎ合わせたサバニに代わり、糸満漁師たちが大きな利益を上げて、いくらでも労働力を必要としたことも背景の一つとされている。戦後になって、少年少女の人権を無視した制度とされ、強い行政指導で廃止になる。

糸満売りされたのは少年だけではない。少女も糸満売りされたのだ。糸満売りされた少女たちの仕事は、水汲み、炊事、洗濯、子守りなどの女中奉公から、かまぼこづくり、魚売り、機織り、養豚など様々であった。亮太や隆と一緒に糸満売りされた洋子もその一人だった。

糸満漁師の総元締めは網元と呼ばれていた。網元は大型のエンジン付きの漁船や多くのサバニを持ち、袋網や袖網を有していた。そのもとに親方、もしくは船頭と呼ばれる人々がいて、サバニを数隻有して船団に加わった。親方の元には数人のヤトイングヮがいて、一艘のサバニに三人から四人のヤトイングヮが乗船した。親方は袖網などを持っている者が多く、船団を組む時には自らの袖網を提供した。その分、分け前も多くなった。

3

亮太にとって、最初のアギエー漁は慶良間《けらま》諸島の一つ座間味《ざまみ》沖の海域だった。八月の暑い最中でのグルクン（タカサゴ）漁である。朝早く糸満の港を出発したが、船団を組んでの航海は勇壮で心が躍った。ヤンバルにいたころの海嫌いはすっかり影を潜めていた。

船団は、一艘の母船と十艘余のサバニで構成された。母船は網元の所有するエンジン付きの大型船で、捕獲した魚を運搬し、袋網を積んでいた。亮太たちの乗ったサバニは、母船を取り囲むようにして、その傍らを帆を立てて進んだ。

亮太たちの属する船団はフェーウイゾー（南上門）組と呼ばれた。フェーウイゾーは屋号だが糸満にある大網元の一つである。母船も袋網も所有していた。亮太の雇い主の上原泰造はそのフェーウイゾー組を構成する二艘のサバニを所有して船団に参加していた。

座間味沖に着くと、間もなく魚群を発見したという合図のほら貝が鳴った。船団に緊張が走る。まず母船が風上に向かって旋回し、袋網が降ろされた。海底には、やや隆起した珊瑚が並列にあり、その間が窪んで魚道になっている。そこが袋網を降ろす場所に選ばれたようだ。母船の周りのサバニから熟達した漁師が数名飛び込んだ。袋網の張り具合を確かめるためだ。

それを合図に周りのサバニが母船から袖を伸ばすように一斉に動き出した。帆は降ろされ、静かに櫂が漕がれる。亮太たちのサバニは、袋網を降ろした地点の右側を進み、ゆっくりと袖網を降ろした。親方と武男以外の四人が海に飛び込む。二つの袖網を繋ぎ合わせ、まっすぐに海中に立てて張る。亮太は教わったように海中で足を蹴り手で波を掻きながら袖網に付けたウキが絡まらないように目を凝らす。足が網に当たりそうになって泳ぎが窮屈になる。波の揺れにうまく体を乗せることができずに鼻や口に海水がどっと入り込む。それに耐えながら、さらに網の下に付けた重石が珊瑚に絡《から》まないように手で広げていく。胸いっぱい息を吸い込んで一気に深く潜り、網を固定する。ここで噎《む》せてはいけない。必死に堪《こら》えて何度も両手で網を広げ張り具合を確認する。

親方から出た合図で、再びサバニに乗り込む。疲れた体を休めることなく櫂を握りサバニを移動させる。袖を広げるように並んでいたサバニが一斉に移動して、今度は袋網と対面するようにすべてのサバニが一列に並ぶ。並び終えるとサバニを固定するためにアンカー（錨）が降ろされる。再びほら貝の合図があり、サバニの上の漁夫は全員が海中に飛び込む。いよいよ訓練した泳ぎが試される。漁夫は海中に潜り一斉に手に持ったスルシカーで海底を叩きながら魚群を威嚇し、泳ぎ進むのだ。片手にはスルシカーの縄を握っているので容易に前には進まない。必死に両足で波を蹴り、もう一方の手で波を掻く。遠くに魚群が見える。その魚群を袋網の方向へ追い立てていく。泳ぎ初めて約一時間。疲れは体力の限界に達しているが休むわけにはいかない。潜水して追い立てる漁夫の列が乱れると、その隙間から一気に魚群は逃げ去るという。少しの油断も許されない。

亮太は水中眼鏡《めがね》を何度も掴みなおし、波のうねりを避けながら海中に潜りスルシカーを振り続ける。波間から亮太のことを心配して手を上げて励ましてくれる雄次の姿が見える。

「亮太、大丈夫かーっ」

雄次の気遣う声は聞こえるが、返事はできない。片手を小さく上げて大丈夫だと合図を送るのが精いっぱいだ。再び大きく息を吸い込み波に弄ばれるのを必死に堪えて海中に潜る。魚群が大きく見える。右に左に暴れ回っている。自分の足元から逃げられたら大変だ。亮太は大きな不安に襲われて必死にスルシカーを揺らしながら何度も何度も海中に潜る。

やがて、袖網が袋網に蓋をするようにして動き出す。同時に、袋網の入り口が閉じられ引き上げられる。母船の周りにサバニが集まり掛け声をかけながら網の中で暴れる魚群を母船に引き上げる。母船やサバニの上から歓声が上がる。

亮太たちも一緒に歓声を上げるが、作業はそれで終わりではない。袋網から切り離された袖網を海中で丁寧に折り畳む。重石が海底の珊瑚に絡まっていると、深く息を吸い込み海中に潜ってそれを取り外す。ペアを組んだ雄次と呼吸を合わせながら網を揃える。武男の乗ったサバニが近づく。疲労した体に鞭打って、海水を吸って重くなった袖網をサバニに引き上げる。それが終わったときは、もう声も出ないほど疲労は極限に達していた。

亮太は袖網を引き上げると、天を仰ぎながらサバニの上にひっくり返った。胸が激しく自然に上下する。大きく深呼吸をして新鮮な空気を身体いっぱいに取り込む。何度も何度も深呼吸を繰り返す。

「亮太！　いつまで引っくり返っているんだ！」

武男の声に慌てて起き上がる。

「櫂を持て！　出発するぞ！」

見回すと、周りのサバニはすでに動き出している。

「次の漁場だ！」

亮太は、櫂を持ってサバニの舳先を見つめて力いっぱい櫂を漕ぐ。

「亮太、よくやった！　上出来だ！」

雄次が背後から声を掛ける。雄次は三歳上だが、上原組にヤトイングヮとして奉公するようになってから三年が経つ。故郷の伊是名島《いぜな》では父も兄も漁師をしているという。もう一人前の漁師だ。

「まだだ！。亮太は、もう少し手早く袖網を仕掛けるようにならなければ駄目だ！」

武男が、雄次の言葉を大声で打ち消す。

「今日は波が静かだから、最低あと二回は網を降ろすはずだ。今度はしっかりやれよ」

「これで波が静か……」

亮太は思わず後ろを振り返る。武男はニヤリと笑い、目を前方に向ける。

船団を組んで港を出ると、一日に、三回から四回は網を降ろすと聞いていたが、三時間近くの重労働が、最低あと二回は続くことになる。泳ぐことをやめたら波にさらわれる。溺れて死ぬことになる。

海底の見えない黒い波が船べりを叩く。その波に抗うように櫂を入れ精一杯手前に引き寄せる。訓練以上のきつさだ。糸満売りされた人々の嘆きの声が亮太の耳にも届いた。櫂を漕ぎながら故郷を離れた後悔の念に襲われた。

姉の亮子からの手紙によると、母親の千代は肺結核だと診断され、本島北部の町、金武町《きん》に在る療養所へ入院することになったという。結核は怖い病気だと聞いたことがある。でも亮子の手紙によれば、薬や治療法が開発されて数年もすれば退院できるはずだという。それを信じたい。

千代は、入院できるのは亮太のおかげだと涙を流して感謝していたという。漁を辞めて故郷へ帰るわけにはいかない。妹の美代も、弟の亮健も寂しさを我慢して頑張っているのだ。自分の働きで家族の日々が成り立っているんだ。弱音を吐いてはいけないんだ。

亮太は気を取り直して海を睨む。海は、強い日差しを浴びて得体の知れない魔物のように亮太の面前で蠢いている。

二回目のほら貝が、海上の風に乗って亮太の耳に飛び込んできた。視線の先で母船が風上に向かって大きく旋回を始めるのが見えた。

4

糸満の日中の風は暖かい。ヤンバルと同じく、村全体が、海辺の近くにあるせいかもしれない。もちろん、海の上で太陽の日差しを直接受けると、頭のてっぺんが熱を持ち、目まいがするほど汗だくになる。隠れる場所がないサバニの上では、帆を日除《ひよ》けにしたり、アカギン（漁師の服）を頭からすっぽりかぶったりすることもある。あまりに暑いと、海中に飛び込み、船べりにしがみついて暑さを避けることもある。

糸満に来て、もう三年が過ぎていた。亮太にとって、海は馴染み深いものになっていた。海と触れない日は一日もないと言ってもよかった。雨の日も風の日も、もちろん日差しの強い晴天の日でも、亮太たちの日々は海と共にあった。

アギエー漁にも徐々に慣れてきた。最初のころの緊張感は少なくなったが、海中に潜り、スルシカーを叩くときは、やはり緊張した。自分の足元から魚群が逃げ出すのではないかと思うと一瞬たりとも海中から目を離せなかった。船団を組んでのアギエー漁は、魚群を追いかけて、ひと月や二月もの間、糸満を留守にすることも度々あった。

北は奄美諸島や、鹿児島、長崎まで出かけて漁をした。南は宮古、八重山諸島の近海はもとより、尖閣諸島や台湾の近くまで出かけた。もちろん捕った魚は漁場近くの漁港に水揚げした。海は広大であったが糸満の漁夫たちにとっては身近な庭のようなものであった。船団を組んだ仲間たちと浜辺で火を焚き，夜を明かすこともあった。それを「浜宿り《はまやど》」と呼んでいた。浜宿りでは、港の近隣の漁師たちも加わって一緒に酒盛りをすることもあった。また、サバニに揺られながら海上で寝ることもあった。漁場に近い港町に上陸して宿をとり、町を散策して一夜を明かすことも楽しかった。

大漁が続くと、親方からは特別にハナゼニ（報奨金）がもらえた。亮太はそれを蓄えることを楽しみにしていたが、時にはヤトイングヮの仲間と示し合わせて那覇の町へ遊びに繰り出すこともあった。那覇へ行くときは、雄次や隆、そして洋子と四人で出かけることが多かった。

那覇市場では、よくウチナーそば（沖縄そば）を食べた。

「お母に会いたいなあ」

突然の隆の言葉に、雄次、亮太、洋子の三人が一斉に、顔を上げて隆を見る。

隆は、箸を持ったままで涙ぐんでいる。

「隆、どうした？」

亮太が心配そうに尋ねる。

「このそば、あんまり美味しいから、ヤンバルのお母にも食べさせたいなあと思って」

「なーんだ」

三人の緊張がほぐれて笑みが浮かぶ。

「お前はいつまでも子どもだなあ、めそめそするな」

雄次が、笑いながら、再び箸を動かして目の前のそばを食べ始める。

「隆は、優しいグヮだからね」

洋子が、隆をいたわるように声を掛ける。

「隆、私もそう思うよ、いつか一緒にお母を那覇に連れてきて、おそばをご馳走できたら最高だね」

「うん、最高だね！」

隆が、洋子の言葉に小さく笑みを浮かべる。箸を握った手の甲で涙を拭い、再びそばを食べ始める。

四人で那覇に出るときは、まず那覇市場の食堂でウチナーそばを食べる。それから様々な雑貨が並ぶ商店街を散策する。そして市場の近くの開南《かいなん》にある芝居小屋でウチナー芝居を見て帰る。それが定番だった。四人にとっての最高の楽しみだ。

四人の糸満売りの理由は様々だ。隆は父親が起こしたモアイ（模合）が失敗して多額の借金を背負い込んだからだ。雄次は、伊是名で漁師をしている父親が強風の日に漁に出て海難事故に遭い、サバニを失い、片手を失った。片手が残れば漁はできると息巻いたが、サバニは購入しなければならなかった。それで次男の雄次が糸満売りに出た。

洋子は読谷《よみたん》から糸満へ売られてきた。洋子の姉のトキ子も売られていた。洋子の父親は読谷の都屋《とや》で漁師をしていたが、鰹節工場の経営に手を出した。しかし、それが裏目に出た。不景気になり鰹節の値段が落ちた。利益が全く見込めなくなり、借金の返済の目途も立たなくなった。五人姉弟の一番上の姉トキ子と二番目の洋子が「売り」に出された。

姉のトキ子は辻に売られ洋子は糸満に売られた。辻は遊郭である。トキ子にも分かっていたが、辻や糸満では多額の前借ができた。トキ子が洋子を抱きしめながら、自分が辻に行くと泣いて両親に頼み込んだ。洋子も泣いて姉にすがったが、「あんたは幸せになりなさい」と突き放された。今でもあの時のことを思い出すと、洋子は胸が張り裂けそうになる。辻は那覇の郊外にある。洋子は姉を訪ねたい気持ちを抑えきれないこともあった。

四人でそばを食べ終え、いつものように商店街を歩いているとき、洋子が一軒の店に立ち止まって動かなくなった。三人は傍らに洋子がいないのに気付いて慌てて引き返した。洋子は女性の小物売り屋の前で立ち止まり、櫛《くし》を手に取り眺めていた。鼈甲《べっこう》の櫛だ。

「きれいでしょう」

手に取った櫛を、傍らに寄って来た隆に示しながら明るい声で諭すように言った。値段を見る。そして寂しそうな笑みを浮かべて櫛を元の位置に返した。

「高すぎるわ。とても無理ね。さあ行こうか」

洋子は弟の手を握るようにして隆の手を取った。その傍らをすり抜けるように雄次が櫛を手に取る。

「いつか、買ってやるよ」

雄次のつぶやきに、洋子が振り返る。洋子のことを雄次が好ましく思っていることは亮太も隆も知っている。そして四人のときは、雄次は遠慮することなく洋子への思いを口にする。亮太も隆も、洋子が好きなだけに胸中は複雑だ。

洋子が大きな笑みを浮かべて、雄次に言う。

「有難う、雄次さん、その思いだけで十分よ」

洋子は、嬉しそうに雄次を見て微笑む。洋子は握った隆の手を離さない。隆は急に強く握られた手を嬉しそうに揺らしながら、洋子と雄次を見上げる。それから亮太を見て、大きな笑顔をつくる。

同じヤトイングヮの武男や富雄や盛勇も、休みの日には那覇に出てきているはずだが、自然に三人とは別行動になった。三人は亮太たちに比べると皆が十八歳以上の年齢だ。

別々な行動になったきっかけは幾つかあった。その一つは商店街で富雄が万引きをしているのを雄次がとがめたからだ。それを気に食わない武男が雄次に掴みかかって取っ組み合いの喧嘩になった。それ以来、遊ぶ場所を違えるようになった。

武男たちは、ハナゼニが入ると辻遊郭へ行くことが多かった。

ある日、武男が辻から戻ってきて、読谷出身の女と寝たと言いふらした。洋子は驚いて肝が潰れそうになった。もしや姉のトキ子ではないかと思ったからだ。武男は洋子が読谷出身だということを知っている。それだから、わざと洋子をからかうように皆の前で言ったのだ。夕食のとき、ヤトイングヮ皆で一緒に食卓を囲んでいるときだった。

ヤトイングヮは寝起きする離れ屋で食事をすることもあったが、台所は母屋にあったから、多くは母屋が食事の場所になっていた。賄いをする洋子を気遣っての親方の配慮だった。

「洋子は、辻に姉ェ姉ェがいるんじゃないか？」

洋子は、黙って答えない。顔を上げずに目を伏せた。

「お前とよく似ていたなあ。さすが辻の女は違う。アレも上手だった」

「武男、次は俺も連れていけよ」

富雄が羨ましそうに口を挟む。

「雄次も連れていこうか」

「雄次はイナグ、スカンヌウ（女嫌い）だから駄目だよ」

「だから連れていくんだよ」

下卑た会話がヤトイングヮの間で飛び交う。

「イナグ、スカンヌウと言っても、洋子に色目を使っているんだ。ヤリ方ぐらい知っているだろう。なあ雄次、もうヤッタのか」

武男がさらに雄次をからかう。黙っていた雄次がこぶしを握り締める。それを見て洋子が我慢してと目で合図を送る。

しかし、雄次がもう我慢できないというように、洋子の目を逸らして顔を上げて言う。

「やめろよ。こんな話は。隆もいる。洋子もいるんだ」

「あれ、隆はもう十五歳だろ。こんな話、興味があるだろう。なあ隆」

武男が隆を見る。隆が首を振る。

武男が身を乗り出してにやにやと笑いながら小声で言う。

「洋子も、もう十八歳だろう。子どもじゃないし……。辻にいる姉ェ姉ェよりうまいんじゃないか。男の味を覚えさせてやろうか」

「やめろ！」

雄次が我慢できずに立ち上がる。

「やるか」

武男が立ち上がる。それを見て亮太が慌てて雄次の袖を引っ張る。

「おい、どうした！」

親方が、一段高い場所の食卓から箸を止めて問いかける。ヤトイングヮたちの不穏な空気を察したのだろう。

「喧嘩は駄目だ！　ウミンチュ(漁師)は、仲間割れしたら魚は捕れない。絶対に捕れないぞ！」

二人が親方の方へ向き直って頭を下げる。

「いいか、覚えておけ！」

親方の強い剣幕に二人は再び大きく頭を下げる。膝を折り床に座り直して箸を取る。

洋子が歯を食いしばって不穏な沈黙に耐える。ザルから二、三個、芋を取ってテーブルの上に置く。亮太も、ひとまず胸を撫で下ろして箸を取る。芋と一緒に、塩漬けにした小魚のスクガラスを取る。洋子がそれを見て、小さく笑みを浮かべてうなずく。亮太も、うなずいて芋を口に入れた。

5

亮太たちヤトイングヮの仕事は海の上だけではない。陸の上でも漁具の手入れや網の補修など多くの仕事があった。漁具には、釣り針や釣り糸、重石やウキだけではない。魚を突く銛《もり》、水中眼鏡、海中を覗くティーカガミ（手桶鏡）、アカトゥヤー（船中の海水汲みだし桶）、帆や帆柱とそれを繋ぐ縄、そしてアギエー漁で使うスルシカーなど様々だ。それらの多くは手作りである。

中でも水中眼鏡は時間をかけて丁寧に作った。潜水漁夫たちにとっては最も大切な漁具の一つである。亮太と隆は雄次からこの作り方を教えてもらった。雄次は、眼鏡づくりが得意だという他の組のヤトイングヮの所へも連れて行ってくれた。

まず、材木を眼鏡状に丸く刳《く》り抜く。それからガラスを嵌《は》めて周りを蝋で固めて水が入らないようにする。左右二個の眼鏡を鼻の上でゴムで繋ぎ合わせ両側から頭を一巡させてゴムの長さを調節する。自分の顔や鼻の上にぴたりと密着しないと隙間から海水が入りこむ。海水が入ると使い物にならない。瞼や頬に柔らかく食い込むように流線形上に材木を削っていくのだ。海中で眼鏡が曇らないように、海に飛び込む前に鏡の部分には煙草を揉みほぐして塗りつけることも教わった。

網の補修も大切な仕事だ。アギエーやバンタタカー漁では必ず網を使うから、網のサバニへの乗せ降ろしは必要だった。特に船団を組んでアギエー漁から帰って来た時は、海水をたっぷり吸って重くなった網を、疲れた体に鞭打ってサバニから降ろした。降ろすだけではない。浜にこしらえた背丈ほどある物干し竿まで担いで行き、押し上げ、広げて干した。翌日には、網の破れ目を確認し、重石やウキが欠けた所を補修するのだ。次の漁に出るために休んでばかりではいられなかった。

また、雨が降ると干した網を亮太たちが寝起きしている離れ屋に取り込んだ。そこで車座になって、ヤトイングヮみんなで網を補修するのである。網が有している海の匂いが何日も部屋の中に留《とど》まった。

洋子の仕事も、男のヤトイングヮ以上に辛いものがあった。サバニには乗らなかったが、親方の家族の世話など陸で考えられる仕事のほとんどを洋子は一人で担っていた。

洋子は、離れ屋で暮らしている亮太たちとは違い、母屋の小さな別室で寝起きしていた。親方の家族全員の汚れ着の洗濯をし、水甕の水を貯めるために天秤棒を担いで近くの井戸まで出かけた。歩いて買い物に行き、破れた着物を繕った。それだけではない。時には魚を籠に入れて遠く那覇まで売りに行った。母屋の裏座で機を織っている奥さんの手伝いをすることも多かった。さらに親方の子どもたちの子守をし部屋の内外の掃除をした。親方の家族とヤトイングヮたち両方の食事を作った。亮太たちがサバニの上で食べる弁当も、全員分を洋子が作った。

亮太はそんな洋子の姿を見て、心を痛めた。ヤトイングヮの中には朝早く起きて豆腐を作り、近隣の町へ売りに出かけるヤトイングヮもいると聞いた。そんな仕事もさせられるのではないかと気をもんだ。

海での漁は、雨の日も風の日も休むことなく続けられた。親方の名を取ってウイバル組（上原組）として船団を組む時は、数か月もの間、糸満を離れることもあった。

船団を組まない時も、上原組は二艘のサバニを駆って、遠く宮古や石垣の島々、奄美や鹿児島の海域まで帆を立てて出かけることもあった。網を使ったバンタタカー漁が多かったが、実入りがいい夜光貝やエビを捕るために深く潜ることもあった。一本釣りで鰹やマグロやカジキを狙うこともあった。そんなときは、浜宿りをしたが、近くの村人たちと酒を酌み交わすのも楽しみだった。海は無尽蔵の狩猟場のようにも思われた。

そんな中、上原組のヤトイングヮの一人である盛勇が五年の満期を終えた。盛勇は国頭村の辺野喜村《べのき》から糸満売りされていた。ちょうど二十歳で満期を迎えたので、満期後は兵士になるとして、自ら志願して徴兵された。長崎の佐世保で兵士としての訓練を受けるという。

盛勇はヤトイングヮの中では感情を表に出すことは少ない性格の持ち主だった。黙って小さな笑みを作って頑張っていた。それゆえに兵士になる決意は、だれにとっても突然のことのように思えた。

「俺の家は、貧しい農家だ。貧しさから脱出するためには、兵士になるほうがいい。家族の皆が幸せになるために俺は兵士になる。海軍の兵士になって国家のために役に立ちたい」

そんな風な決意を披露して旅立った。亮太には、盛勇の繰り返し使う「国家」という言葉は、耳新しい言葉で戸惑ったが、何かしら崇高な決意のようにも思われた。

盛勇の抜けた穴を埋めるために、隆が親方のサバニに乗らなければならなかった。そのために、隆を一人前の糸満漁夫にする厳しい訓練がさらに続けられた。武男の訓練は容赦なく、暗い夜の海にもサバニを出し、隆を海中に放り投げた。

亮太は、自分が初めて参加したアギエー漁での辛さや不安を思うと、隆の訓練もまたやむを得ないかと思っていた。それよりも、関心は、盛勇のいう「国家」に向かっていた。文字を読むことの少ない亮太が、初めて那覇の本屋へ入ったのもそのころだ。「国家」という言葉を手がかりに本を捲ったが、「大東亜共栄圏」とか「八紘一宇」という文字が目に入った。「南洋諸島」の島々にも関心を持ち、寝転がって手に入れた本を捲ることもあった。南洋諸島が糸満漁夫の活躍の場となっていることにも驚いた。

台風の日、隆の姿が見えなくなった。サバニを陸に上げて固定し、漁具や袖網を離れ屋の室内に取り込んだ後、みんなで車座になって袖網の破れを点検し修理しているときだ。昼飯だと言って洋子がウムニーと魚の天ぷらを持ってきたときだった。

「隆は？　隆はどこに行ったの？」

洋子の一言から、隆のいないことに、みんなが気付いた。

「そう言えば……」

「いや、サバニを上げるときは確かにいた。でも、網を取り込む時はいなかったかもしれないな」

「まさか、この台風の中をヤンバルに帰ったんでは……」

「逃亡か……。武男の訓練が辛かったのかな？」

「あの、馬鹿たれが！」

武男が舌打ちをする。

「親方が気づく前に、皆で手分けして探し出そう」

「あいつ、どこへ行ったのかな」

「俺は港を探す」

「ぼくは……」

亮太はそう言った後、言いよどんだ。「那覇」と言いたかったのだが、この風雨の中では少し遠すぎる気もした。でも「お母にそばを食べさせたい」と言っていたあの市場界隈に潜んでいるのではないか。市場の店舗には「手伝い求む」とか「求人あり」などの張り紙が出されている所もあった。その前で、隆が思案気に立っている姿を目にしたことがある。そのことを思い出したのだ。

「よし、俺たちは那覇へ行こう」

雄次が亮太の思惑を感じ取ったのか、亮太に声を掛けた。

「私も行く」

亮太より先に洋子がうなずいて立ち上がった。

強まっていく風雨の中を、亮太と雄次、洋子の三人は一斉に外へ飛び出した。

6

隆は台風の日、やはり逃亡したのだった。那覇市場界隈の一軒の家の軒下に潜んでいるのを亮太が見つけた。台風が収まったらヤンバルに帰るつもりだと言った。泣きじゃくる隆を、亮太と雄次、そして洋子の三人で説得して連れ帰った。隆にはあと二年の年季が残っていた。隆を弟のようにかわいがっていた洋子は、隆と同じように涙を流しながら隆を抱きしめて説得した。

「隆、みんな同じなのよ……、私も帰りたいよ。でも、隆が今ヤンバルに帰ったら、だれも喜ばないよ。お父もお母も我慢しているんだよ」

「隆は立派な漁師になれるよ。ヤンバルでアギエー漁を広めるんだろう? 立派な親孝行ができるよ。もう少しの辛抱だよ」

「私も隆と同じ、あと二年だよ。そうしたら私も読谷に帰れるよ。私と一緒に故郷へ帰ろうね。それまで一緒に頑張ろうね」

隆と洋子のしゃがんだ背中には、横殴りの風雨が叩きつけた。肩も背中も髪も顔も濡れた。頬からは雨粒なのか涙なのか、ぐしゃぐしゃになった水滴が流れていた。亮太と雄次が二人を抱えるように抱き起した。

隆は糸満に帰ると、気持ちを入れ替えたのか、立派な漁夫になると三人の前で宣言した。武男の厳しい訓練にも自分から進んで参加した。親方には逃亡したことがばれて怒鳴られた。エーク(櫂)で尻も叩かれたが、それも受け入れた。サバニの上でも離れ屋での食事の時も、笑顔が多くなった。兵士を志願した盛勇に代わり、親方のサバニに乗って浜宿りの漁にも出かけることができるようになった。

隆が元気になっていくのとは逆に、今度は洋子が明るい笑顔を失っていった。食事の支度をするときも顔を上げずに目を伏せた。雄次や隆とあんなに楽しそうに話していた日々が、亮太には嘘のように思えた。

ヤトイングヮ仲間には、それ以外の変化はなかった。相変わらず、武男と富雄は声を上げて笑い、酒を飲んでは、モーアシビと言って出かけて行った。特に武男には村の婦女子を手籠めにしているのではないかという悪い噂も流れていた。漁に出かけて夫が留守になった家の主婦と親しくなっているという噂も多かった。

雄次が、浜宿りの日の砂浜でぽつりとつぶやいた。

「俺、南洋に渡ろうかなと思っているんだ」

亮太は、目前の焚火に枯れ木を入れながら、思わず雄次を見た。

波の音が大きく聞こえてくる。今回の浜宿りの地は久米島だ。仲里村に近い浜辺に帆を立てて寝所にした。二泊目だ。夜は更けて親方と隆はテントの中で寝入っている。武男と富雄は、泡盛を飲み、ほろ酔い気分で村の方に散歩に出かけた。焚火を囲んでいるのは亮太と雄次だけだ。

雄次が泡盛の入った湯呑を手で撫でながら飲み干した。そして再びつぶやいた。

「俺、疲れたよ。何をやっても面白くない」

「どうしたんだよ、急に」

「だから、疲れたんだ……」

雄次の寂しい声を聞いて亮太は戸惑った。

雄次はそう言った後、じいっと目前の火を見つめた。それから思い出したように、空になった湯呑にまた泡盛を注いだ。

「そんな弱音を吐くなんて、雄次さんらしくもない」

亮太は、ほんとうにそう思った。

「俺らしくもないか……」

「そう、雄次さんらしくもない。洋子も心配するよ」

雄次は返事をせずに焚火に枯れ木を入れる。赤い炎が勢いを増して大きく広がって雄次の顔を照らした。雄次は少し涙ぐんでいるようにも思われる。

「洋子の話は、俺の前では、もうするな」

雄次が小さな声でつぶやいた。亮太は、思わず真顔になって雄次を見た。

「洋子は、武男と結婚するそうだ」

「ええっ、嘘だろう」

亮太は思わず声を上げていた。焚火が音立てて燃える。

「本当だ……」

「信じられない」

亮太には信じられなかった。悪い冗談を言っているのだと思った。雄次が泡盛を一口飲み終えて目を閉じる。真面目な話なんだ。亮太も泡盛を一口飲んで向かい合った。

「俺にも信じられなかった。何度も聞き返した。本当かと……。洋子は何度もうなずいた。本当だと。武男は洋子に言ったそうだ。必ず幸せにすると……」

「嘘だよ、嘘に決まっている。口から出まかせだよ。武男はそんな男だよ。雄次さんだって知っているでしょう」

亮太の言葉に雄次はうなずかない。ぼんやりと火を見つめながら言葉を続ける。

「満期が明けたら洋子と一緒に読谷の都屋《とや》に行って漁師になるそうだ。ハナゼニも蓄えている。洋子の家族をいつでも援助する。辻に行ってジュリになっているトキ子を身受けするほどの金もある。実家から借りることもできる、と」

「そんな……、洋子だって、武男がいいかげんな男だということは知っているはずなのに」

「俺も読谷に行って漁師になってもいいと言ったんだが……、断られた」

「嘘でしょう、信じられない。洋子は、武男を嫌っていたし、雄次さんといるときは、いつも、あんなに楽しそうにしていたのに」

「女というのは、分からないなあ。てっきり俺も洋子と一緒になれるものと思っていた」

「……」

「だから、もういいんだ。俺の前で洋子の話はするな。俺は少し耳も悪い。難聴気味だ。徴兵検査も不合格になった駄目な男だ。それに金もない。工面する当てもない。洋子が武男と一緒になりたいのなら、一緒にしてあげたい。ヤトイングヮとしての五年間余、俺は洋子がいたから頑張れた。洋子の満期が終わるまでと、契約を延長したんだが、もうそれも必要ない」

「諦めるんですか？」

「諦める？　そうだな、諦めることになるかな」

「雄次さんは、どんなときでも諦めるなと、ぼくたちに言ってきたんじゃないですか」

「そうだったかな……」

雄次の顔に苦笑が浮かぶ。

「俺は、契約を解除して、南洋に行こうと思う。もう、ここに居ても辛いだけだからな。シンガポールだ。シンガポールに拠点を置く漁業会社の募集があったからそれに応募しようと思う。親方に相談するつもりだ」

「シンガポールに行くの？」

「そう、シンガポールだ」

「ぼくの満期は、あと二か月」

「ん？　お前も一緒に行くか」

「そうだな……」

考えてみたい、という言葉を飲み込んだ。シンガポールと聞いて、亮太も心が動いた。洋子と雄次のことを考えずに、シンガポールのことを思い浮かべるのは不遜なことだと思ったが、那覇で手に入れた雑誌に、南洋諸島の国々やシンガポールの紹介があったのを微かに覚えていた。シンガポールは、夜には華やかなネオンサインが点滅し、日本人も多く住んでいると紹介されていたはずだ。

「そうか、お前が一緒に行くと俺も心強い。有難う。考えてみろ。さあ、辛いことは忘れて、飲もう！」

雄次が笑っている。たぶん胸の内は、怒りと悲しみに満ち溢れているのだろう。それでも、亮太にはどうすることもできない。

洋子への思いは亮太も隆も強かった。武男との結婚話を隆が聞いたらびっくりするだろう。亮太だって、ヤンバルに結婚を約束した智子がいなければ洋子への募る思いを抑えきれなかったはずだ。しかし、今は新たにシンガポールという国が亮太の心に刻まれ急速に膨らんでいく。

亮太は目前の焚火から目を逸らし、顔を上げて夜空を仰ぎ見た。夜空にはたくさんの星が輝いている。希望の星のようにも思われた。この夜空はシンガポールまでつながっているんだ。案外と自分も行けるかもしれない。このことが自分の運命を変え、貧しさから脱却する一つの手段になるかもしれない。そんなふうに思い始めていた。

亮太は洋子のことを強くかぶりを振って脳裏から追い払った。

7

亮太は、シンガポールへ行くという雄次の話を聞いて実際、心を動かされていた。親しくなった他の親方のヤトイングヮたちにもいろいろと教えてもらった。シンガポールには糸満漁民も多く、またウチナーンチュも多く移住しているという。魚も豊富で漁業が盛んである。シンガポールでは漁師はいくらでも欲しいはずだということだった。

また、現地に行く前に、糸満の新しい網元と契約を交わして前借金もできる。現地には水産会社も多数あり、その会社と雇用契約を結ぶ際にも前借金ができるはずだということだった。

先輩漁師たちは親切にいろいろと教えてくれた。心は徐々にシンガポール行きに傾いていった。財産を築いて家族を呼び寄せることもできると言われたときは有頂天になった。その夢を実現したいと思った。

しかし、そのためには、解決しなければならないことも多かった。母のこと、弟妹のこと、智子のこと、遺体の見つからない兄のこと、そして残った二か月の奉公のことなどだ。

雄次に相談すると、いずれも何とかなるのではないかと励まされた。このことが解決されたら一緒にシンガポールへ行こう、それまで待つと返事をしてくれた。

亮太は、雄次に言われたとおり、解決すべき事柄を一つ一つ数えてみた。そうすると、大きな困難と課題は三つほどに絞られた。一気に道が開けたような気がした。もちろん、どちらも重要な課題だ。

一つは、母の病気のことだ。それが最も大きな課題だ。姉の亮子に手紙を書いて、母の病状を尋ねた。そして可能ならばシンガポールへ行きたいと、膨らんでいく夢を必死で訴えた。

亮子からは、すぐに返事が来た。亮子は、これまでの亮太の年季奉公に感謝し、これからは自分の思い描いた人生を歩みなさいと、亮太の夢を理解してくれた。そして嬉しいことに、母の病状も回復し、退院の日は近いと知らされた。退院しても数か月に一度の割合で通院することになるだろうが、母もシンガポール行きを理解してくれるだろうと付け加えられていた。亮太は、何度も何度もその手紙を読み返して、決意を新たにした。

二つ目は、二か月ほど残った奉公のことだ。満期は五年、その五年に二か月足りなかった。このことをどうするか。おそるおそる親方に相談した。

親方は感慨深そうに笑みを浮かべて亮太の話を聞いた。

「あと二か月か……。早いものだなあ、もう五年になるのか。お前たちはもう一人前だ」

「お前たち？」

「そう、雄次からも話は聞いた」

「そうですか……」

「雄次もお前もよく頑張ってくれた。一人前になった漁師を二人とも一度に手放すのは、この上原組にとっては大きな痛手だ」

「申し訳ないと思っています」

「こうなったら仕方がない。お前たちの夢を実現させるんだな。糸満漁夫の心意気を、いや、ヤンバル漁夫かな。ヤンバルのウミンチュの心意気をシンガポールの海でしっかりと示してこい」

「はい、有難うございます」

亮太は、嬉しくて思わず大きな声でお礼を言った。

「二か月の奉公は気にするな。わし（俺）からの餞別だ。ヤンバルのウミンチュ与那嶺亮太は、本日で満期。上原組への奉公は終了だ」

「親方……、有難うございます」

「うん、お礼など必要ないよ。ほんとによくやってくれた。頑張れよ」

「はい」

「上原組は何とかなるよ。富雄が、三女の節子と結婚することを承諾してくれた。跡取りができた。安心だ。あとは、ヤンバルからお前たち二人の後を継いでくれるヤトイングヮを探してくるだけだ」

「はい、有難うございます」

「ただ……」

「ただ？」

「武男と洋子のことが、ちょっと心配だな、いやな噂も耳にしたからな……」

「えっ？」

「まあ、お前たちが気にすることではない。なんとかなるだろう。さあ、いっぱい飲むか。お前から相談があると聞いて、こんなことだろうと腹をくくっていた。トゥジィ（妻）にも、泡盛を準備させてある。少し飲んでから、離れ屋に戻りなさい」

「はい。有難うございます。ぼくは……」

「うん？」

「ぼくは、上原組のヤトイングヮでよかったです。感謝しています」

「何を言うか。びっくりしたよ」

亮太は深く頭を下げた。寡黙な親方の目が、精一杯笑っていた。

親方にお礼を言って辞去すると、亮太はすぐに雄次にその結果を知らせた。雄次と二人で手を取り合って喜んだ。

ヤトイングヮの武男と富雄は、二人の喜びを背中を向けて無視した。

隆が二人の元へ近寄って来た。雄次に向き合って羨ましそうにいろいろなことを尋ねた。

「ぼくもパラオに伯父さんがいるんだ。ぼくもいつか、パラオに行きたいなあ」

「そうか、そうなるといいな。南洋の海を糸満漁夫が暴れるんだ」

「ううん、ヤンバル漁夫だよ、なあ亮太兄イ兄イ」

「そうか、ヤンバル漁夫か」

亮太と雄次が声を上げて笑った。

「俺も伊是名出身だからヤンバル漁夫だな」

雄次が、隆の肩を叩いてまた声を上げて笑った。

雄次と亮太は、話し合って前借金で網元と契約を取り交わすのではなく、シンガポールに拠点を置く日本企業の漁業会社と契約を交わすことにした。事務所のある那覇に面接に行くと、その場で採用された。むしろ大歓迎され、すぐに支度金が手渡された。

会社の名前は「南栄水産公司」という名前だった。国策会社に匹敵するほどの大きな会社であることが面接をして改めて分かった。仕事は漁船に乗って漁をすることだ。シンガポール現地には缶詰工場もあるという。そこで働くことも選択できると言われたが、二人は海を職場に選んだ。二人の選択を、事務所長は身体全体で喜びを表し肩を抱かれた。出発は来月初め、那覇港へ集合と告げられた。あと二週間後だ。

糸満の親方の元に戻って、採用になったことを告げ、二週間後に那覇港を出発することを告げた。そのために、まず故郷の家族の元に行き、別れを告げなければならない。その後に改めて糸満に戻りみなに別れを告げたいと述べた。親方は笑って了承してくれた。

雄次は故郷伊是名へ向かった。父親も兄もシンガポール行きを了承してくれているという。何も問題はない。本当に家族と別れの盃を酌み交わすだけだと言った。

亮太は、ヤンバルに行く前に母が入院している金武療養所へ向かった。それからヤンバルに行き、姉や弟妹に別れを告げなければならなかった。そして、亮太の三つめの懸念を解決しなければならなかった。

金武に行くと、母親の千代は亮太の姿を見て、驚いて声を詰まらせた。それから涙を流して喜んだ。

「亮一が帰って来たかと思ったよ、大きくなって……」

金武療養所にやってきた亮太の姿を見ての千代の第一声だった。

「あんたも、亮一兄イ兄イに似てきたね。顔つきも身体つきもそっくりだ」

「お母……、兄イ兄イもぼくも、お母の子どもだよ。似るのは当り前さ」

亮一のことを、まだ諦めることができない千代の心情を思うと涙がこぼれそうになった。

「そうだね、そうだよね」

千代は涙を拭って、手を引くようにして亮太の身体を抱きしめた。

「亮太……、亮太には、苦労を掛けたね。亮太のおかげで、お母はもうすぐ退院できるよ。有難うね。もう五年が経ったんだね。ご苦労さんだったね」

亮太は千代に慰められながら、糸満での五年間の歳月を思い出した。涙が溢れそうになるのを必死で堪えた。

目を母親から逸らし、ガラス窓越しに中庭を見る。中庭に植えられた夾竹桃の花がピンク色に染まっている。花を見るのは何年ぶりだろうか。やはり長い歳月が流れたのだ。

シンガポールにも夾竹桃の花はあるのだろうか。亮太はそんなことを漠然と考えながら、シンガポール行きのことを話し出すきっかけを考える。

「ひもじくはしていないかね？」

「えっ？」

「ひもじくはしていないかね？」

「ひもじくはしていないよ」

千代の言葉に、今度は幼いころのヤンバルでの、いつでもひもじかった日々を思い出す。そして呼吸を整えて思い切り言う。

「お母……」

「なんだね」

「シンガポールへ行きたいんだ」

千代は、驚かなかった。やはり、という表情で顔を上げ、亮太を見つめて言った。

「うん、亮子から聞いていたよ。どうしても行きたいのかね」

「うん、行きたい」

「そうか……。お母も、もうすぐ退院できる。一緒にヤンバルでお父や兄イ兄イがやったように漁業に携わることもできるよ。ヤンバルも糸満に負けないぐらい、今では漁業で栄えていると聞いているよ」

「うん、それもいいけれど、ぼくにはサバニはないし、サバニを買うために借金するのももう嫌だ。シンガポールにはウチナーンチュもたくさん住んでいると聞いている。漁業で成功して、お母も亮健も美代も、いつか呼び寄せたい。そうでなければ……」

「そうでなければ」

「うまくいかなければ、ヤンバルに戻って来るよ。いつの日か家族みんなできっと一緒に幸せに暮らせるようになるさ。頑張るよ」

千代の目に大粒の涙が浮かぶ。小さくたたんで握りしめたハンカチで目頭を拭っている。

「お母も泣き虫になったよ。お父を亡くしてからは亮太にばっかり苦労をかけてきたね。亮太の好きなように頑張りなさい。お母は、いつでも応援しているよ」

「うん、お母、有難う」

千代と亮太は、手を握り締めながら、うんうんと何度もうなずいた。

亮太は顔を上げて中庭を見る。夾竹桃の花が揺れている。夾竹桃の花もうなずいているのかなと思った。亮太は笑顔を浮かべて千代に中庭の夾竹桃を指差した。

8

ヤンバル小兼久の我が家に帰るのは五年ぶりだった。我が家はみすぼらしかった。戸板はガタガタと悲鳴を上げ、屋根の萱《かや》は一部剥げ落ちていた。この我が家を残して旅立つのかと思うと一気に悲しみが溢れてきた。シンガポールへ行くことは自分勝手の夢で我儘《わがまま》ではないかとも思われた。

姉の亮子と、弟の亮健、妹の美代が、その家で待っていた。亮健は十三歳、美代は十歳になっていた。姉の亮子はもう二十四歳になっているはずだ。亮子も苦労ばかり重ねて歳を取っている。門をくぐると亮健と美代が飛びついて迎えてくれた。

亮健と、美代の手を引いて小兼久の浜辺に出かけた。行方不明になった兄を待っていた浜辺だ。五年前だから二人とも幼かった。亮健は母の言葉を倣って言えば、だんだんと俺に似てきている。思わず頭を撫でた。

「兄イ兄イ、シンガポールって遠いの?」

美代が、無邪気な笑みを浮かべて聞いた。砂浜に座った亮太の背中に背後から腕を回して凭れ、美代は亮太に甘えていた。十歳といってもまだ子どもだ。

亮太よりも早く、傍らに座っている亮健が答えた。

「当り前さ、日本よりも遠いさ」

亮健が立ち上がって海に向かって石を投げる。何度も何度も石を拾ってはまた投げる。

「亮健は、よく知っているなあ」

亮太が感心したように言うと、美代が自慢げに話す。

「亮健兄イ兄イは、ディキヤー（賢い）だよ。学校の先生からもよく褒められているよ」

「そうか」

亮太が感心して亮健を見る。亮健は照れたように笑顔を浮かべる。

「こんなことは、だれもが知っているさ。これ常識だよ」

亮健が、再び亮太の傍らに座る。亮太は、肩に手を置いて尋ねる。

「亮健は、勉強が好きか？」

「うん、好きだよ」

「将来は、なんになりたい？」

「学校の先生」

「そうか、頑張れよ」

「うん」

亮健が嬉しそうに笑みを浮かべる。

「美代も、お勉強好きだよ」

美代が聞かれてもいないのに、亮太の背後から肩を揺すって自分から答える。

「そうか、そうか、えらいなあ。美代は、将来なんになりたいの？」

「お金持ちのお嫁さん」

「そうか」

亮太は思わず笑顔をこぼして美代を見る。

「美代は可愛いから、きっとお金持ちのお嫁さんになれるよ」

「嬉しい。でもね、兄イ兄イ」

「うん、でもねって、なんだ」

「お金持ちってどこにいるんだろう」

「えっ？」

亮太は、言葉に詰まった。さて、お金持ちはどこにいるんだろう。ヤンバルにはお金持ちはいないかもしれない。みんなが貧しくて、手を携えて生きているのだ。

亮健が、亮太に代わって答えてくれる。

「美代、お金持ちはね、亮太兄イ兄イが行くシンガポールにいるんだよ。東京にもいるよ。アメリカにもいるよ。ねえ、兄イ兄イ、そうだよね」

「うん、そうだね……」

「美代もお金持ちのいる所に行きたいなあ。えっと、シンガポール、東京、アメリカ……」

美代は指を折って数えている。こんな可愛い無邪気な弟や妹たちと別れねばならないと思うと、胸が張り裂けそうだ。涙がこぼれそうになる。しかし、こんな弟や妹たちを幸せにしてやりたいからこそシンガポールへ行くんだ。そう言い聞かせて決意を新たにする。

「お母に会って来たんだが、お母はもうすぐ退院できるってよ。ヤンバルに戻って来るんだ。美代や亮健と一緒に住めるって喜んでいたよ」

「やったあ！」

二人が同時に声を上げる。

「兄イ兄イが、シンガポールに行っても寂しがらないで、お母や亮子姉エ姉エの手伝いをするんだよ」

「うん」

「兄イ兄イは、お金持ちになって帰って来るからな」

「うん」

二人は、声をそろえて元気にうなずく。

美代が、目を輝かして亮太に尋ねる。

「兄イ兄イ？」

「なんだ」

「一緒に、かっこいいお金持ちも連れて来てね」

「よし！」

「約束」

「うん」

美代は、小指を突き出して亮太の前に出す。亮太は亮健の指をも捕まえて、三人の指を絡ませる。

「指切りげんまん、嘘ついたら針千本飲～ます。指切った」

そうだ。こんな風にして智子とも約束したのだ。

夕日が、五年前と変わらずに海に沈んでいく。我が家の貧しさも五年前と変わらないのかと思うと悔しくてたまらない。これからの五年間ではきっと変えてやる。亮太は強い決意を持って立ち上がった。

早めの夕食は、姉の亮子が精一杯準備をしてくれた。会社から支度金として渡されたわずかばかりの金額を全部姉に渡したが、それは食卓に反映されていなかった。米が買えればと思ったが、芋が食卓には置かれていた。

「あまり贅沢もできなくて、ごめんね、亮太」

亮子は、済まなさそうに言ったが、四人そろって夕食を食べるのは五年ぶりのことだ。それが何よりのご馳走だった。自分の前借金は、みんな母親の入院費へ消えているのだろうか。辛いことばかりが頭に浮かんできた。

それでも味噌汁もある。野菜もある。茄子《なす》とゴーヤーの天ぷらもある。皆で笑顔を浮かべて一緒に食べた。亮太は明るい話題へ変えようと思って、亮子に尋ねた。

「勇作と義男はどうしているかな？」

「うん、もう立派なウミンチュだよ」

亮子が答える。

「二人とも、時々、家に魚を持ってきてくれるよ」

「そうか、それはよかった。礼を言っておくよ」

「うん」

「智子は、元気か？　智子はどうしているかな？」

一瞬、亮子の顔が曇ったが、亮太は気づかなかった。

「夕食が済んだら、智子にも会って来るよ。昔の仲間で一杯やる予定だ。俺のシンガポール行きを祝ってくれるはずだ。それに……、確かめたいこともある」

「うん。何？」

「智子に手紙を書いたんだが、返事が来ない。智子は元気かなと思って」

亮子が返事を渋る。亮子に代わって、美代が大きな声で答える。

「智子姉ェ姉ェは元気だよ」

「そうか」

「勇作兄イ兄イと結婚するんだよ」

「ええっ、ほんとか？」

美代の言葉に、亮太は驚いた。智子とは結婚の約束をした。五年経った。約束を果たしたいと思った。出した手紙は、いずれも智子をシンガポールへ誘ったものだ。シンガポールへ行くことが無理なら、あと五年、待っていて欲しかった。亮太の三つめの懸念ごとだった。

美代の無邪気な言葉は小さなさざ波だったが、不安は徐々に大きくなった。同じヤトイングヮの洋子に対して芽生えて来る恋心を、智子のためにと必死に抑えてきた。なんのためだったのか。

亮子が、何かを感じ取ったように言い繕う。

「智子のことは……、自分で確かめたらいいよ」

亮子の言葉に、亮太は返事ができない。頭が混乱している。送った手紙に返事がなかったのはそういう理由からだったのか。このことが事実だとすると、辻褄が合うことがいくつもある。どうすればいいのだろう。もう食事が喉を通らない。

「やっぱり、出かけるよ。約束してあるからな。二人にお礼も言いたいし、さよならも言いたい」

「さよならを言うのは、三人でしょう」

美代は、相変わらず無邪気に亮太の言葉を言い継いだ。それを亮子にたしなめられて肩を竦めて舌を出した。

9

ヤンバルの浜辺で焚火を囲んだ四人の仲間たちは、もう少年ではなかった。少女でもなかった。二十歳の若者だった。しかし、泡盛を飲み、智子が用意してきた刺身をつまみながらの話は、久し振りに四人を少年少女のころへ引き戻していた。笑いが絶えなかった。

「海の上で一番困るのは便所だ。サバニの上で大きいのをやるわけにはいかないからなあ。そう思って海に尻を突き出してやったら」

「やったら、どうした？」

「尻から海へ落ちた」

「糞まみれ」

「そう。寄って来た魚に、糞と一緒に、あっちもつつかれた」

義男の話に、勇作も亮太も、そして智子も大きな声で笑った。

「それからは、サバニの上でやることにしている。大きいのも小さいのもだ。そして海へ投げ捨てる」

「それに魚が群がる」

「そんなこともある」

また声を上げて笑い合う。亮太は、久し振りに幸せな気分にさえなった。幼いころからの友人がいる。仲間がいる。ここが故郷だと思った。

亮太は、糸満で覚えたアギエー漁のことや、浜宿りをした久米島や石垣島、宮古の池間島のことなどを話した。沖縄だけでも海は広いのだ。アギエー漁の話には、義男も勇作も身を乗り出して聞いた。

やがて、泡盛が身体に滲み込み、酔いが回り始めたころ、勇作が真顔になって静かに話し出した。亮太には思いがけない話だった。

「実は……」

勇作は、湯呑に残った泡盛を飲み干すと、一気に話し出した。

「実は、智子と結婚することにした。二人で約束した。義男にも伝えているが、亮太にも伝えておきたい。互いの両親も了解してくれている。近々、ニービチ（結婚祝い）をする予定だ……」

亮太は、自分の耳を疑った。本当のことだったのか。

勇作の思いつめた顔を見る。智子の伏せた顔を見る。義男が天を仰ぎながら唇を噛んでいる。嘘ではない。しかし、智子は五年前、自分と結婚の約束をした。年季奉公が終わる五年後に結婚しようと。それだから、その約束を果たすために故郷に帰って来たんだ。智子と一緒にシンガポールへ旅立つために……。

「おめでとう。良かったじゃないか」

亮太の口からは、思いとは違う別な言葉が飛び出していた。

「智子を幸せにしてくれ。智子にもそれがいいだろう」

「有難う、そう言ってくれると嬉しいよ」

勇作がほっとしたように空《から》になった湯呑に泡盛を継ぎ足す。亮太も手に持った湯呑の泡盛を一気に飲み干す。亮太の湯呑に義男が泡盛を継ぎ足す。

「さあ、みんなでお祝いの乾杯をしようじゃないか」

亮太の口からは、自分でも思いもよらないような言葉が次々と飛び出す。智子がシンガポールへ行こうという誘いに返事をくれなかった理由が分かった。怒りが込み上げてくる。なぜ、伝えてくれなかったのだ。なぜ、自分との約束を、勝手に破ったのだ。必死に思いを伝えるために書いた手紙の文面が蘇ってくる。俺は、恥をさらしただけだったか。二人で俺を笑いものにしたのか。智子を見る。またもや思いもよらない言葉が飛び出す。

「智子も一緒に乾杯しよう。さあ、用意はいいかな。ぼくが音頭をとるよ。準備はいいかい。それでは二人の前途を祝して、乾杯！」

「乾杯！」

声を合わせて、一気に泡盛を飲み干した。拍手をする。勇作も義男も、緊張がほぐれたように晴れやかな顔をしている。

智子と勇作の結婚話が一段落ついたころ、今度は亮太のシンガポール行きに話題が移った。だれもがまだ見ぬシンガポールに大いに関心を寄せ話題が盛り上がった。

月が頭上に昇る前に、大人になった四人の小さな宴は終わった。互いの健闘を誓いあっての短い挨拶が交わされたが、亮太は三人が立ち去った後も、しばらく浜辺を立ち去ることができなかった。

焚き火に足を向け、仰向けになった。夜空の星が空一杯に浮かんでいる。波の音が聞こえてくる。こんな夜があった。雄次と浜宿りの日に夜空を眺めた日だ。今、思い出す。洋子が武男と結婚すると聞いて、雄次はどんなにか悲しかったことだろうと。

星を見ながら、涙がこぼれてきた。

「亮太、亮太……」

最初は波の音かと思った。波が亮太を呼んでいるかと思った。枕もとに人の気配を感じて体を起こす。智子が座っていた。

「亮太……、ごめんね」

智子が小さな声で亮太に言う。亮太に謝るために、智子は戻って来たのだ。約束を忘れてはいなかったのだ。亮太は思わず大きな声が出た。

「どうして、こんなことになったんだ」

智子は答えない。

「ぼくは、智子のことを信じて、五年間、頑張って来たのに……」

「ごめんね……。許して」

「許せない」

残酷だと思うが偽りのない言葉だった。目の前で智子が座り込み、砂に顔をつけるようにして体を折り曲げて詫びている。髪からは智子の匂いが立ち上ってくる。肩が揺れ、身体が小刻みに震えている。亮太の身体を酔いが一気に駆け巡る。智子の両肩を掴み、顔を上げさせると強引に唇を重ねて押し倒した。

智子が激しく抵抗する。腕を振り上げて亮太の胸を叩く。抱きしめようとする亮太を蹴り、身をよじって必死に逃げる。亮太はやがて諦めて智子から離れて天を仰ぐ。

智子が素早く立ち上がって、身繕いを正す。髪に付いた砂を払い、身体に付いた砂を払う。亮太は、智子を見上げながら謝る。

「ごめん、悪かった……」

亮太の言葉に智子がもう一度、亮太の傍らに座る。両手で顔を覆い、溢れる涙を拭いながら言う。

「亮太のこと、大好きだよ。今でも大好きだよ。だから……、だから、こんなことは、もうしないで」

亮太は目を閉じた。夜空の星が消える。波の音がさらに大きく聞こえる。

「頑張ってね……」

智子の言葉を目を閉じたまま聞いた。智子の立ち去る気配も目を閉じたまま感じた。

「シンガポールに、私も一緒に行きたかったのよ……」

智子の言葉は幻聴だと思った。酔いと悲しみが作る幻聴だ。波が亮太を慰めているのだ。二人の仲はこれで終わったと思った。

立ち去る智子の姿を見送らなかった。涙が溢れて視界を閉ざしていた。仰向けになり両手で砂を握りながら、さようならと、吐息のようにつぶやいた。

亮太はその二日後に故郷を離れた。勇作と義男に、屋根の補修をお願いした。

「俺たちは海の男だが……」

二人は笑いながらも約束してくれた。

亮子がお土産にと油味噌を作ってくれた。

「お芋と一緒に食べてね」

笑って包みを渡す亮子の姿に熱い思いが沸き上がってくる。亮太は必死に押しとどめた。

「姉ちゃん……」

「うん?」

「幸せになるんだよ」

「何言ってるの、この……、私の弟は」

亮子が目にいっぱい涙を溜めて笑顔を作る。亮太も涙を拭った。

「亮健と美代のこと、よろしくお願いします。そして、お母のことも……」

「うん」

亮子が大きくうなずく。亮健と美代は今は学校だ。朝、学校へ行くのを嫌がる二人を亮太が無理矢理押し出した。二人が必死に手を振った姿を思い出す。涙を流して、くしゃくしゃにしていた泣き笑いの顔を思い出す。

亮太は庭へ降りた。それから向き直って我が家へ一礼した。そして亮子に背中を向け、懐かしい我が家へ背中を向けた。

亮子が走り寄って来て、亮太の肩に背後から両手を置いた。それから背中に頬を当てたような気がしたがすぐに背中をポンと叩かれた。振り返ると目に涙をいっぱい溜めていた。

亮太と雄次は、シンガポールへ出発する約束の日に間に合わせて、それぞれ那覇に戻った。出発の日は一九三七（昭和十二）年三月一日だ。那覇港まで、隆と親方の奥さん、そして親方の二人の娘が見送りに来てくれた。那覇港には「南栄丸」という大型の輸送船が停泊していた。この船に乗るのだ。

「でかい！」

傍らの隆が思わず声を上げた。みんなもそう思って船を見上げた。南栄丸は、亮太がこれまでに見たどの船よりも大きかった。神戸を出港、鹿児島へ寄り、沖縄へ寄って一〇〇〇名ほどの乗客と、食糧やその他の荷物を積んでシンガポールに向かうという。その他の荷物には日本軍の軍用物資なども含まれていると囁かれていた。

乗客の中には、南栄丸が立ち寄る台湾やフィリピン、サイパンやインドネシアなどの港で下船する人々も多くいると聞いた。南洋へ出稼ぎに行く人々だ。家族連れもおれば、亮太と雄次のような若者もいた。その逆に、立ち寄る港から乗船する人々もいるという。

隆が、亮太と雄次の所へ近寄ってきて言う。

「ぼくもパラオにいる伯父さんに呼ばれている。いつかパラオに行きたいと思っている」

隆は南栄丸を見上げて、目を輝かせて言う。

「そうか、そうなれば南洋のどこかで会えるかもしれないな」

「三人はヤンバルのウミンチュだ。お互いに頑張ろうな」

雄次と亮太の言葉に隆が笑顔でうなずく。慌ただしい別れになったが、雄次と亮太は隆と握手を交わしてタラップを上った。いよいよ出港だ。

雄次は洋子の姿を探す。やはり、洋子の姿はなかった。亮太も洋子の姿を探していた。いや智子の姿であったかもしれない。二人の若者が、未練を断ち切っての新しい人生への出発であった。

第三章

シンガポール

1

シンガポールの街は、那覇市場がいくつも繋がったような賑わいを見せていた。道行く人々は、英国人、インド人、マレー人、そして中国の華僑など様々である。亮太には初めて見る異国の人々だ。彼らが使用する言葉も初めて聞くものだ。喧騒も人混みも糸満や那覇とは比べものにならないほど大きかった。シンガポールは世界に誇る貿易都市であり、商業都市と聞いていたが噂どおりだった。何もかもが珍しかった。

亮太と雄次が沖縄から遠く離れたシンガポールでの漁業に従事することを思い立ち、シンガポールにやって来たのは一九三七（昭和十二）年のことだ。シンガポールは英国領であるが、亮太には英国人よりも華僑と呼ばれる中国人が圧倒的に多いように思われた。しかし、路上や建物などには、多くは英国名が付いていた。オーチャードロード、ミドルロード、サウスブリッジロード、チャイナタウン、クレマンリューアベニューなど、やっとのことで覚えたものも多かった。

雄次も同じだった。ため息交じりでいつも愚痴をこぼした。

「ホントに言いづらいなあ、アメリカ口（グチ）は苦手だな」

「アメリカ口じゃないよ、イギリス口だよ」

「そうか？　どっちでもいいよ」

雄次が笑って、亮太の冗談に答える。

「でも華僑の言葉はよけい聞きづらい。人間の言葉かと思うほどだよ」

「怒鳴り合っているみたいだね」

「不思議なもんだな、人種によってこんなにも言葉が変わるなんてな。言葉はだれが作ったのかな。神様が作ったのかな」

「そうだな。ウチナーの神様ではないな」

雄次の明るい愚痴に、亮太も明るく返答した。実際亮太にも覚えにくい名前が多かった。街の立て看板や標識を見てもさっぱり意味が分からなかった。

亮太と雄次が募集に応じた南栄水産公司の社長は日本人で稲福寅吉《いなふくとらきち》。みんなから「福寅《ふくとら》さん」と呼ばれ、日本の清水港に拠点を置く水産会社だった。

福寅社長の経営する南栄水産公司は、シンガポールで大きな利益を上げている大会社だった。漁船六十隻、運搬船三十隻を所有していると言われていた。港の近くには製氷所があり、一〇〇〇トンの貯蔵が可能な大冷蔵庫もあった。操業地はインド沖から、マレー、ビルマ、オーストラリア、フィリピン、そして台湾沖にまで及んだ。南栄水産公司の漁獲量は、マレー半島の総漁獲量の半分以上を占める勢いであった。

漁船には多くの糸満漁師が乗っていた。南栄水産の所有するどの漁船にも、半数近くのウチナー漁民が乗り込んでいたのではないかと思われた。というのは、漁獲法が、ほぼ糸満で行われていたアギエー漁と同じ網を使った追込み漁だったからだ。この追込み漁はシンガポール近海では普及がなく珍しい漁法で、漁場が豊かなだけに一気に多くの魚が捕獲できた。糸満と同じように魚はグルクン（タカサゴ）が多かった。このことも幸いし、どの船のリーダーも糸満のウミンチュが多かった。

亮太と雄次が乗り込んだ漁船「太平丸」もウチナーの漁民が多かった。二十名の乗組員の内、半数の十名はウチナーンチュだった。すぐに打ち解けて語り合い、酒をも酌み交わした。だれもが貧しい農家や漁村の出身であった。亮太と雄次は、特に、本島北部からやって来たという同じ年代の吾郎　昇、豊、行雄、そして先輩の甚助《じんすけ》さん、恵輝《けいき》さんなどと親しく言葉を交わした。

海の男たちは、寝る場所も船の上のことが多かったが、ミドルロード沿いの日本人街には会社が借り上げた宿泊所「さくら荘」があった。陸に上がるといつでも利用できた。宿泊所には日本から来た賄い婦がおり、常時数十人の利用者がいた。

シンガポールで不自由することは何もなかった。操業が休みの日には、上陸してこの宿泊所を利用し、シンガポールの街を散策することが多かった。いつも楽しかった。

特に日本人街から南の方角にあるチャイナタウンに向かうサウスブリッジロードを亮太と雄次はよく散策した。

遠洋に出かけ、海に潜り、船上で網を繕うなど、亮太たちの日々は、海上での生活が長かったが、一年も過ぎると、街の様子や、大体の方角なども当てることができた。二年も過ぎると道を間違えずに一人で散策することもできるようになった。三年が過ぎると、馴染みの店もでき、仲間の何人かには恋人もできた。

亮太は日本人街の喧騒が好きだった。日本人街の南部を東西に走るノースブリッジロードはお気に入りの場所だ。何時間も飽きることなく散策し、立ち止まっては街を眺めた。目の前を電車が通り、自動車が走り、屋根付きの人力車が勇ましく掛け声をかけて横切った。道幅も広く、両脇には、二階建て、三階建ての建物が隙間がないほどに肩を寄せあって林立していた。レストラン、理髪店、雑貨店、食糧店、呉服店、本屋、洗濯屋、居酒屋、写真館、映画館など、どんな店もあった。糸満や那覇では見られない光景だ。

また、インド人の警察官が頭にターバンを巻き、交差点中央で四角い箱の上に立って交通整理を行っている姿は何とも微笑ましく、いつまでも見飽きることがなかった。インドはシンガポールと同じく英国領であったから、インドからやって来た警察官だと思われた。

ノースブリッジロードと、並行に走る北側のビクトリアロードとの間には日本人女性たちが働いている「娼館」も立ち並んでいた。その一帯は明治の初期、一八七〇年ごろから天草や島原地方の貧しい子女たちを雇い、「からゆきさん」と呼んで言葉巧みに誘い出して働かせて繁栄した街だと言われていた。その数が最も多かったのは一九〇〇年から一九二〇年ごろであったという。

彼女らは日本国家の東南アジア進出の先鞭的役割をも担ったが、国際政治における日本の国勢が盛んになるにつれて、彼女らの存在は非難されるようになり、一九二〇年に発令された「廃娼令」によって海外における日本人娼館も廃止された。多くのからゆきさんが日本に帰ったが、残留した人も多くいた。

亮太たちがシンガポールに渡った一九三〇年代末には、断行された「廃娼令」によって表向きには姿を消していたが、歳月を重ね、様々に看板を変え内実を偽りながら営業を続けている娼館もあった。周りには彼女たちに便乗して呉服店、旅館など様々なサービス業に携わる日本人もいた。

亮太は、「からゆきさん」と「糸満売り」は違う点もあるが、似ている点も多いと思った。似ているところは貧しい者が多くの不幸を味わうということだ。「からゆきさん」たちは遠く故郷から離れた海外だけになお悲しい。同じ境遇で「糸満売り」されてきた洋子のことや、ヤンバルにいる幼馴染の智子のことを思い出すと、「娼館」に行く気にはなれなかった。いつも一人、日本人街で電車や自動車を眺めることが多かった。

太平丸の仲間たちによると、「からゆきさん」は沖縄では見たこともないような高い髪を結い、厚い化粧をして、いつでもきらびやかな着物を着て芳醇な匂いを放っているという。多くの男たちが、昼間から界隈を歩き回っているという。どうやら吾郎や昇には、馴染みのからゆきさんもできたようだった。

雄次とは誘い合って、よくチャイナタウンのレストランへ行った。雄次の目当ては、ラーメン屋で働いているマリアだ。雄次の話によると、マリアはマレー半島からシンガポールへ出稼ぎに来たマレー人で貧しい農家の出身だという。年のころは二十歳前後、気立ての優しい子で、雄次が来ると満面に笑みを浮かべて迎えてくれるという。

雄次は、ある日マリアのことを、俺の恋人だと言って亮太に紹介した。いつの間にそのような仲になったのかは知らなかった。

「琉球の海の人、みんな優しい」

マリアの口癖だ。ラーメン屋は華僑が経営している店で、マリアは住み込みで働いている。どうやら厳しくこき使われているようで、雄次と話しているときも恐る恐る背後の店主の姿を気にしながら笑顔を作っていた。

　雄次が優しい声音でマリアに言う。

「海の人でなくてウミンチュ」

「ウミンチュ？」

「イエス、ウミンチュ。琉球のウミンチュ」

　雄次は、いつの間にか「イエス」という言葉も覚えていた。亮太は驚いて雄次を見る。信じられないほどの優しい笑顔だ。マリアが白いハンカチで髪を結んだ頭を上下に揺らしながらうなずいている。

　亮太も、テーブルのコップに水を注いでくれるアリアに向かって言う。

「ぼくも、琉球のウミンチュだよ」

　亮太の冗談にマリアが微笑みながら答える。

「琉球のウミンチュ、優しい人は、雄次さん、ナンバーワン。雄次さん、大好き」

　マリアも負けてはいなかった。亮太も雄次もマリアの言葉に思わず微笑んだ。

2

歳月の過ぎるのは早い。亮太と雄次が故郷沖縄を離れシンガポールにやって来てから、三年目が過ぎていた。シンガポールの街にも、シンガポールの海にも慣れたが、暑さにはなかなか慣れなかった。シンガポールは赤道に近いゆえに一年中暑い。ミドルストリートにあるさくら荘に寝転がっていても大粒の汗をかいた。年間の気温は暑いままで一定しており、季節がないようにさえ思えた。

しかし、太平丸に乗船して海上にいると、季節の変化は確実に感じられた。風の向きが変わり、海水の温度が変わり、夜空の星の位置が変わった。捕獲できる魚の種類が変わり、潮の干満の差が変わった。雨の多い季節があり日照りの多い季節があった。

亮太と雄次は、そんな季節に惑わされることなくシンガポールの生活を満喫していた。もちろん漁師だから、魚の群れを追い、ひと月余も海上での生活を余儀なくされることも多かった。だが、ウミンチュとしての技術を糸満で学び鍛えられたおかげで、海中に潜ることも、船上で網を繕うことも苦にならなかった。それは亮太や雄次だけでなく、沖縄からやって来たウミンチュみんなの特技でもあった。

休日になり陸に上がると、雄次はまずマリアの住んでいるチャイナタウンへ出かけるようになった。商店街から買い込んだ土産をたくさん抱え、満面の笑みを浮かべて一分一秒も惜しむかのように駆けて行った。

亮太は、いつものようにミドルロードの商店街を散策した。通りの人混みを眺めるだけでなく、街の奥深くまで探索するようになった。様々な人種の住む街並みを見物しながら歩くのは楽しかった。思わぬ出来事に遭遇することもあった。

日本人街は、ビーチロードから、ミドルロードに沿って形成されていた。亮太たちがシンガポールにやって来た一九三七（昭和十二年）には、ミドルロードの商店街の一角に「越後屋」と呼ばれるデパートの建築が始まっていた。そのデパートが完成してシンガポール唯一のエレベーターを据え付けたデパートとして評判を呼び賑わいを見せていた。

ミドルロードをさらに北上すると、日本人が経営する立派な高層ホテル街が現れた。さらに進みウォータールストリートの交差点まで到着すると、日本人の小学校が見えた。校庭で元気に遊び回る日本人の子どもたちの姿を見るのはなんだか嬉しく、立ち去りがたかった。日本人街の周辺には、日本人を対象にした病院や学校、寺院、新聞社など、様々な施設が集まっていた。

時には故郷のことを思い出すこともあった。ヤンバルで育った少年のころ、勇作や智子たちと一緒に野山を駆け巡った懐かしい思い出が蘇ってきた。学校での楽しかった運動会も、もう遠い日のことだ。再びあの時代には戻れないのだ。だれもが過去を生き直すことはできないのだ。当り前のことに気付いて涙がこぼれそうになることもあった。

家族のことは、なお懐かしかった。母さんの病は治っただろうか。姉さんは元気でいるだろうか。那覇の港を発つ前に、会社から前借りしたお金はすべて渡していたから当面は困ることはないだろう。亡くなった父、そして死んだかもしれない兄、幼い妹や弟……。家族の姿が瞼に浮かぶと目頭が熱くなった。シンガポールに吹く路上の風を頬に受けながら、時には我慢ができず、涙を拭うこともあった。

雄次は、マリアへ会いに行く日には泊まってくることが多くなった。帰ってくると、マリアの様子を楽しそうに話した。亮太が何度か聞いた話も繰り返した。そんなときも亮太は、いつでも初めて聞く素振りをして幸せな雄次の話に耳を傾けた。

「マリアの両親は、イギリス人の経営するゴム園で働いているんだって」

それも聞いた話だ。

「ゴム園は、マレー半島のイボーという村の近くにある。母親も幼い二人の弟も家族みんなが、そのゴム園で働いているそうだ。それも低賃金でな。これは前に聞いた話だったかな？」

「いや、聞いてないよ」

亮太が笑顔をつくって答える。雄次も笑って話し続ける。

「イギリス人は、けしからんと思う。マレー人を差別しているよ」

「差別？」

「そうだ、差別だ。マレー人の土地を勝手に奪い、勝手に耕してゴム園にした。そして低賃金で働かせているんだ」

雄次は、差別という言葉を使って真面目に怒っていた。なんだか、おかしいような、笑ってはいけないような不思議な気持ちがして亮太は相槌を打ちながら聞き続けた。

マレー半島の南部に位置するマレーシアは、「イギリス領マラヤ」と呼ばれていた。ポルトガル、オランダの植民地を経て一八〇〇年代初頭からイギリスの植民地化が始まり、一九〇〇年代初頭には実質的に全土がイギリスの植民地となった。マレー半島南部の原住民はマレー人だが、イギリスの植民地化後の移民政策により、華僑とインド人が次々と流入し、一九二〇年代には華僑の人口がマレー人の人口をはるかに凌ぐまでに増えていた。

マレー半島における主な産業は、錫（すず）と天然ゴムである。イギリスの移民政策により優遇を受けた華僑とインド人がそれらの主要産業をほぼ独占してしまったため、マレー人は社会からつまはじきにされ、徐々に北部の山村地帯に追いやられているのだという。

雄次の恋人、マリアの家族もそんな歴史に翻弄された貧しい農家の一つだった。マリアは、海峡を渡ってシンガポールに出稼ぎに来ていたのだ。雄次はそんなマリアの境遇に怒り、華僑の店主の仕打ちに怒り、時には糸満売りされた自分たちの境遇を重ねて同情していたのだ。

「でもね、可愛いんだよ、マリアは」

雄次が再び笑顔を浮かべる。

「いつも、テリマカシーって、微笑むんだ」

「テリマカシー？」

「マレー語で、有難うの意味さ」

「そうなの……」

「ぼくはサマサマ」

「サマサマ？」

「どういたしまして、の意味」

「へえー、すごいね」

「他にも、いろいろ教えてもらったよ。スラマッパギは、おはよう。アパカバーは、元気ですか。スラマッティンガルは、さようなら。じゃ、またねは、ジュンパラギッ。えっと……」

「もういいよ」

亮太も雄次も笑顔である。

「何よりもだれよりもマリアは優しいんだ。俺の言うことに一度もティダと言ったことがない」

「ティダ？」

「嫌だということ。いつもにこにこ笑っている。あんなに苦しいはずなのに、いつでも笑顔を絶やさない」

「そうですか……。だれかに似ていますね」

「だれかに、似ている？」

亮太は、しまったと思った。洋子のことが頭に浮かんだのだ。糸満で一緒にヤトイングヮとして働いていた。同じ年齢だった。亮太も好意を持っていたが、雄次の恋人だったので言い出せなかった。そしてどういうわけか、洋子は武男と結婚した。

「亮太……」

雄次が問いかける。

「お前、洋子が好きだっただろう？」

「いえ、そんな……」

亮太は、ずばり問い詰められて、うまく言葉が返せない。

「俺に遠慮せずに、洋子に思いを伝えておけばよかったかもな。そうすれば、洋子の人生も、またお前の人生も変わったかもしれない」

「お前が洋子のことを好きなのは分かっていたが、俺も洋子が好きだった」

「ええ……」

「それなのに、どうして洋子は武男と結婚する気になったんだろう。それが俺には分からない」

「そうですね。ぼくにも分かりません。ぼくは雄次さんと結婚すると思っていた」

「俺だってそう思っていた。結婚できるものと信じていた。それがあんな傲慢で女たらしの武男と結婚するとはな」

「お前なら許せた。お前と結婚するなら許せたと思うが……、洋子を許せなかった。やけになってシンガポールまで来た」

「やけになって来たのですか?」

「半分ぐらいはな」

雄次は、あくまでも明るく笑って話し続ける。さくら荘にはまだ外の灯りが入り込んでいる。時々、大声で笑いあって表通りを過ぎる華僑の声も聞こえる。ミドルロードの街は夜が更けるのが遅い。

雄次と一緒に、洋子のことを話題にしたのはシンガポールに来てから初めてのような気がする。最後に話したのは、久米島で浜宿りをして夜を明かした晩ではなかったか。

「亮太……、俺は思うんだ。幸せになることはだれかを不幸にすることだ。その決意をすることが、人を愛するということなのだ。その決意が俺たちは足りなかった。幸せになることは闘いなんだ」

「えっ……」

「亮太、お前も新しい恋をしろ。洋子のことは忘れろ」

突然のことだった。室内は明かりを消していたから、雄次の表情ははっきりとは分からなかったが、笑顔を浮かべていたはずだ。

「俺は、マリアに鼈甲《べっこう》の櫛を渡したよ」

「鼈甲の櫛？」

「覚えていないか。隆も一緒に那覇に出かけたとき、その櫛を洋子は欲しがっていただろう。だからハナゼニを貯めて、洋子のために買ったものだ。プロポーズをするときの秘密兵器にしようと思っていた。結局、それを使うことはなかったのだが、いつか結婚したいと思うような女が現れたら、その櫛を渡そうと思っていた。それをマリアにプレゼントした」

「そうですか、それは良かった。いい話ですね」

「そう思うか」

「はい」

「そう思ってくれたら有り難い」

「それで、マリアの返事はどうだったのですか？」

「それを俺に聞くか。決まっているだろう」

雄次は嬉しそうに自らのコップに日本酒を注いだ。日本酒は宿の食堂に置かれていたものだ。

それを亮太のコップにも注ぎ足した。

「お前もその日のために、何か買っておけ。秘密兵器になるものをな」

雄次はそう言って笑った。そして目を細め、自ら注ぎ足した日本酒を一気に飲み干した。

3

シンガポールにおける楽しい日々の中でも、何度か不安を覚えることもあった。それは戦争の不安である。そして、その不安は日増しに大きくなっていた。

亮太たち沖縄のウミンチュがシンガポールで働くことを歓迎されたのは、そんな不安があったからかもしれない。働き手が徐々に減っていたのだ。実際、戦争の危険が迫っているのではないかと予測する人々の中からは、妻や子どもを日本本土へ引き揚げさせる人々も出始めていた。

しかし、そんな中でもシンガポールの街は賑やかであった。商店街から人々の姿は消えることはなかった。世界有数の良港と言われるシンガポール港からも、多くの貿易船や商船が頻繁に出入りを繰り返していた。大きなコンテナから荷を積み上げるクレーンは休むことなく動いていた。汽笛の音は昼夜を問わずに鳴り渡っていた。

南栄水産公司の社長稲福寅吉も、郊外へ大邸宅を構えて日本へ帰ろうとはしなかった。所属する多くの漁船は、シンガポールの漁港だけでなく、近隣諸島の漁港でも捕獲した魚を水揚げした。また、よりよい漁場を求めてパラオ、テニアンなどの近海へ出かけることも変わらなかった。

日本は中国と武力衝突を繰り返していたが、ヨーロッパ諸国とは武力衝突はなかった。シンガポールは英国領であったが、英国との関係も緊張感をもたらすような大きな衝突は起こっていなかった。

亮太にも雄次にも国際関係を把握し分析する力は弱かった。海のことなら多く語れるが、政治のことは多くは語れなかった。ましてや諸外国と日本との関係について、多くの知識は持ち合わせていなかった。

それは沖縄からやって来た吾郎や昇たちもそうであった。また先輩のウミンチュたちも同じであった。海上での生活が長く、陸に上がっても英字新聞や華僑の発行していた新聞などを読めるわけでもなかった。ただ耳から仕入れる情報だけが唯一の判断材料だった。それだけに、市場や食堂などで入って来る戦争の情報には必死になって耳を傾けた。

華僑の日本人に対する態度から、中国本土では、すでに「支那事変」が勃発していることは分かっていた。日本と中国の対立は、シンガポール在住の華僑と日本人の関係にも様々な影響を与え始めていた。シンガポールの人口の七割以上を占める華僑の反日運動は中国本土と呼応してシンガポールでも断続的に行われていた。それは、日本人に対する嫌がらせや、日本商品の不買運動などの形で現れた。

中国本土での日本軍と中国軍との決定的な衝突が始まったのは一九三七（昭和十二）年からだ。中国に駐屯する日本軍の陣地に何者かによって実弾が打ち込まれた。いわゆる「盧溝橋事件」である。それ以降、両軍の一進一退の攻防が始まり、死者の数が増えていった。

日本軍は一九三八（昭和十三）年には青島を占領し、続いて徐州、漢口、広東をも占領する。しかし、国土を侵略された中国軍は各地で徹底抗戦を宣言し持続的なゲリラ戦が展開されていた。

一方で当時の中国は不安定な国内事情をも抱えていた。蒋介石率いる「重慶国民政府」と、それに不満を持つ汪兆銘の「南京国民政府」、そして毛沢東率いる「共産党」の三大勢力が、時には戦い、時には合作を繰り返しながら、内部で激しい権力争いをも演じていたのである。

日本軍はひそかに国民党と共産党両軍の武力衝突が起こり、対日抗戦陣営が分裂し弱体化することを期待したが、そうはならなかった。和平工作を画策した国民政府との交渉も不発に終わり、蒋介石は徹底抗戦を宣言する。それだけではない。徐々に勢力を増強させ国内での権力を掌握しつつあった毛沢東も、米英と連携して日独伊ファシズムと対決するとして抗日民族統一戦線を結成する。侵略してきた日本帝国主義を撃退するとして、国民党、共産党、両軍が力を合わせ、共に戦おうと呼びかけたのである。戦線はいよいよ泥沼化し混迷を増していた。

アメリカは、日本が一九三八(昭和十三)年に、中国の主要都市を武力で占領して以来対決姿勢を鮮明にしていた。一九三九(昭和十四)年には日本の中国における第三国の権益侵害に対する牽制として、「日米通商条約」の破棄を通告する。

ヨーロッパにおいては一九三九(昭和十四)年、ドイツ軍のポーランド侵入に対してイギリスとフランスが対ドイツへ宣戦布告をして第二次世界大戦が勃発する。このため英仏軍は極東から後退せざるを得なくなり、アメリカがその権益の保護国になる。

ヨーロッパにおけるドイツ軍は破竹の進撃を続け、一九四〇(昭和十五)年四月にデンマークとノルウエー、五月にはオランダ、ベルギー、フランスに侵攻する。フランス北部で英仏連合軍と大規模な衝突をするが、これを撃退、英国軍は敗走し、フランスは降伏する。アジアに巨大な植民地を持つイギリスの敗退と、フランス、オランダの降伏は南洋各植民地の政庁と軍に緊張をもたらす。

一九四〇(昭和十五)年九月には日本、ドイツ、イタリアの「三国同盟」が調印される。イタリアは、その年の六月に、英仏両国に宣戦布告をしていたので、日本も事実上、対英仏戦争に参加したことになる。これに対して米英両国は、十月、中国の抗日戦を支持し、国民党政府強化のために巨額な借款供与等の援助を行うと通告した。

　このような中でシンガポールにおけるイギリス軍も島内の防備を固めるようになる。日本人に対する監視もだんだんと厳しくなっていく。一九三九年から四〇年にかけて、シンガポールの東、南、西の海の正面防備が急ピッチで進められる。海岸にはトーチカが構築され鉄条網が張り巡らされる。チャンギーとセントーサ島には十五インチと九インチの巨砲が海に向けて据えられた。豪州からも続々と増援の部隊が送り込まれて急増の兵舎が増設された。日本と米英の対決の構図は徐々に緊張度を増し、まさに一触即発の状況になったのである。

4

　一九四一（昭和十六）年十二月八日、真珠湾攻撃のあった運命の日、亮太たちはミドルロード街の一角にある「さくら荘」で小宴を催し、泡盛を飲み交わしていた。

　シンガポールの十二月は過ごしやすい。太平丸の乗組員たちは、ひと月余の長い遠洋での航海を終え、漁船を繋留し、与えられた一週間の休暇でほとんどが陸に上がっていた。

　陸に上がると、すぐにそれぞれの思いを遂げるために、それぞれの場所に出かけて行ったが、三日もすると、一人戻り、二人戻りと、宿泊所は賑わい見せ始める。十二月八日は上陸から四日目であった。

十名ほどの沖縄からやって来たウミンチュが、泡盛を飲み刺身を食べながら輪になった。亮太も雄次もその輪に加わった。泡盛を酌み交わしながら先輩たちの武勇伝を聞くのは愉快だった。サメと素手で闘った話や、仲間たちの陸での失敗談を聞くのは楽しかった。

海の男だけの酒座である。酔いが回ると、艶っぽい話が飛び交い大声で笑いあった。からゆきさんを相手にしての失敗談や、シンガポールでの英国女に誘惑された話、華僑の女を誘惑した話など、面白可笑しく話し出す者もいた。

やがて故郷沖縄の話になった。当初は初恋の話などで盛り上がったが、しばらくすると酒座が静かになった。だれもが故郷に残してきた両親や家族のことを思い出したのだろう。子どもの可愛さを、ぼそぼそと語る者がいた。老母の病を心配そうに語る者もいた。だれもがしんみりとその話を聞いた。この座にいる多くの者が糸満売りの経歴をもっていた。亮太も貧しい故郷小兼久での生活を思い出した。

「この泡盛は、だれが手に入れてきたのか？　もう台所には、なかったはずだが……」

ぼそぼそとした小さな声に、突然、大きな声で返事が返ってきた。

「俺だ！　俺が買ってきた！」

みんなが一斉にその声の主を見る。

「吾郎か、よく手に入れたなあ」

「ミドルロードの商店街にある山本商店で売っていた。何気なく覗いたら泡盛が置いていたんだ。嬉しくなって、一升瓶を三本買ってきた！」

「上出来だ。おまえは、からゆきさんの所しか知らないと思っていたが、商店街に行くこともあったんだな」

「それは行きますよ。たまには、たまたまを、休めないと」

「うまい！」

皆が手を叩き笑いだす。何がうまいのか、一瞬あっけにとられた顔もある。その顔を見てまた笑い声が上がる。

年配者の甚助さんが、みんなを励ますように明るい話題に切り代えたようだ。泡盛を買って来た吾郎が笑顔で答えている。

「ところが、もっと面白いことがあった。大発見だ」

吾郎が、みんなから褒められて調子に乗ってきたようだ。

「なんだ吾郎、言ってみろ」

「あのな、山本商店の店主は山本勝三というんだが、山本だからヤマトンチュだろうと思ったが、違うんだなあ。ウチナーンチュだった。本名はナカンダカリ（仲村渠）勝三。それこそウチナーンチュ名前だが、名前を変えて商売をしていると言うんだ。シンガポールのウチナーンチュや、他の漁船の乗組員はよく来て泡盛を買っているらしいんだ。知らなかったのは、ワーケー（俺たち）太平丸の乗組員だけだ」

「アギジャベー、アンルヤティ（あれ、そうだったのか）」

みんなは、しまったというような顔をして残念がる。

「でも、お前は、なんで名前を変えたことが分かったんだ」

「あれ、山本勝三は、眉も濃い。顎もハブカクジャー（ハブの顎に似ている）。腕からも脛からも毛が出ている。そんな山本勝三を見てピンと来た。これはウチナーンチュに違いないと」

「それで」

「それで、向う脛を蹴飛ばした」

「そしたら」

「アガー（痛い！）と言った」

「あり、ヤーヤ、ウチナーンチュアランナア（あれ、お前はウチナーンチュではないか）、と聞いたんだ。そしたら答えたんだ」

「アラン、ワンヤ、ウチナーンチュヤ、アイビランドゥ（いえ、私は沖縄人ではないですよ）って」

「アリ、ウチナーグチ使トーセー（使っているじゃないか）って」

それを聞いてみんなが大笑いをする。一瞬ぽかんとしている者もいる。吾郎は身振り手振りで山本勝三の様子を真似る。それが可笑しくてまた笑い声が上がる。

「本人が言うにはヤマト名にしたほうが商売はうまくいくそうだ」

吾郎のその説明を聞いて、また短い沈黙が訪れる。

輪の中の恵輝《けいき》さんが立ち上がって三線を持ってきた。華やかな民謡を奏でみんなで手を叩き酒を酌み交わす。立ち上がって踊り出す者もいる。賑やかになったり静かになったりと酒座は目まぐるしく変わっていく。

いつの間にか夜が更け、一人去り、二人去りと酒座が徐々に静かになる。恵輝さんがそっと一人でしんみりと歌いだす。故郷を思い出しているようだ。三線の音と恵輝さんの低い声が静かに流れる。

懐かしや沖縄　　　　　　　（懐かしい沖縄）
あこがれの南洋に渡てぃちゃしが　（憧れの南洋に渡って来たが）
寝ても覚めても胸内の思いや　（寝ても起きても胸中の思いは）
親のゆしぐとぅと無蔵《んぞ》が情き　（親の教えと貴女の情け」

懐かしや沖縄　　　　　　　　（懐かしい沖縄）
あこがれの南洋に渡てぃちゃしが　（憧れの南洋に渡って来たが）
幾里離れても変わるなよ互に　　（幾里離れても変わるなよ互いに）
夢枕濡らす親兄弟とぅの別れ　　（夢枕を濡らす親兄弟との別れ）
大漁旗立てぃてぃ笑てぃ戻ら　　（大漁旗を立てて笑って帰ろう）

この歌を最後に、その夜の宴は静かに閉じられた。

それから、それほど時間は経っていなかった。突然大きな音が寝床まで響いたのである。多くの者は毛布を撥ね退けて飛び起きた。散発的な銃声の音も聞こえてくる。慌ただしく空襲を告げるサイレンの音も鳴った。往来を大声を上げながら駆け抜ける華僑の声も聞こえる。みんなは、いまだ酔いの残る半身を起こして不安な顔を見合わせた。

再び、大きな轟音が寝床まで届いた。一九四一（昭和十六）年十二月八日、夜明けのシンガポールだ。

「おい、大変だ、様子がおかしいぞ！」

外に出ていた甚助さんが、慌てて戻って来て大声を上げた。

「どうした、何があったんだ？」

みんなが甚助さんを取り囲む。

「よく分からんが、サイレンはいつもの予行演習とは違う。本物だ。街が殺気立っている」

「本物って……」

「戦争が始まったかもしれん。外に立っていたら、華僑にも、英国人にも、インド人にも睨まれた」

ドドーンと再び轟音が鳴り響く。

「どうしよう?」

「本当に戦争が始まったなら、ここにいると危ないぞ」

「襲われるかもしれない」

みんなの顔は、一気に酔いがさめて不安な顔に変わった。

「船に戻ろう。ここを出て太平丸に戻ろう」

「うん、船に戻って様子を見よう」

「そうだ。それがいい」

甚助さんの提案にみんなが同意する。一気に緊張感が漲ってきた。慌ただしく布団を畳み、荷物を背負う。

「眠っている者がいたら、叩き起こせ!」

「夜が明ける前に、身の回りの物をもって船へ戻るぞ」

「戦争だ。戦争が始まったぞ！」

「急げ、さあいいか。駆け足で船に戻るぞ」

そのときだった。ドアが激しく叩かれて大勢の警察官が踏み込んできた。いきなり銃を突き付けられた。

「ヘイ、ジャップ」

「手を上げろ、静かにしろ！」

土足のままで床が踏み荒らされた。太平丸の乗組員たちは、その声を聞きながら、茫然と立ち尽くした。

5

宿泊所から急き立てられて、亮太たちは一列に並ばされた。外に出ると夜はもう明け切っていた。朝の日差しが、正面から照りつけてきた。

宿泊所の前にはイギリス軍のトラックが止まっていた。トラックには、すでに十人ばかりの日本人が乗っていた。そのトラックに乗れと命令された。

踏み込んできた警察官はインド人が多かった。後ろで指揮を執っていたのは明らかに英国の軍人だ。警察官にはマレー人や中国人もまじっている。

宿泊所の前には多くの華僑たちが集まっており、憎しみの目でトラックに乗せられる亮太たちを見つめていた。

「日本は、どこと戦争したのだろう」

「中国となら、すでに始まっているはずだが……」

「英米との戦争が始まったのです」

トラックに乗った亮太たちのつぶやきに、すでに拘束されていた日本人が答えてくれた。ネクタイをしている。商社マンか官庁の職員だろう。

「でも、みなさん。短い期間で日本は勝利するはずです。心配は要りませんよ」

男は悠然と笑みを浮かべて座っている。トラックが動き出した。

「このトラックは、どこへ行くのですか？」

「それは、私にもよく分からない……。だが、チャンギー監獄じゃないかな」

監獄？　亮太の頭に一気に不安が芽生える。その不安を見透かしたように雄次が近寄って来る。

「チャンギー監獄って、お前、どこにあるか知っているか？」

「確か、シンガポールの東側にあると聞いたことはある。しかし、よくは知らない」

亮太はシンガポールの街を散策することを趣味にしていたが、さすがにチャンギー監獄までは行ったことはなかった。

「俺たちは、殺されるのかな」

雄次がつぶやく。亮太にも、これから先のことは分からない。

トラックは幌を掛けられていなかった。外の景色が間近に見える。強い風と太陽の日差しが直接入り込んできた。トラックからはシンガポールの街並みや往路を歩いている人々の姿が目撃できた。だれもが憎しみを込めた目でトラックを眺めているように思われた。

「おい雄次、これが見納めになるのかな」

吾郎が不安そうに、傍らで雄次に話しかけている。雄次も不安そうに首をかしげている。

往路は、だんだんと人通りが少なくなっていった。日本人はほとんど見当たらない。時々華僑が、亮太たちの乗ったトラックに向かって、拳を振り上げて大声で罵った。四年余も過ごしたシンガポール、亮太もこれが見納めになるのだろうかと不安になった。

トラックは、間もなく海の香りを取り込んで港に到着した。チトンの港だ。チャンギー監獄ではなかった。ほっとした。助かるかもしれない。不思議な安堵感が沸いてきた。

港はごった返していた。街で拘束された日本人を乗せたトラックが次々とやって来た。時々、それを警備し整理する警察官の喚くような怒鳴り声が上がる。人混みはますます膨らんでいった。どうやら岸壁に停泊中の大型船に乗せられるようだ。大型船には、すでに多くの日本人が乗り込んでいる。

亮太たちは、すでに並んでいる隊列の後尾に並ばされた。そこで英国やインド人の兵士から、氏名や年齢などを聞かれて一枚の紙に書き込まれた。兵士ではなく、一般市民であることを確認するための簡単な作業のように思われた。その作業が終わると鑑識票が渡された。常に手首に掛けておくようにと強く言われた。亮太は七七〇番、振り返ると雄次は七七一番だった。デッキを渡って船に上ると、やはり多くの日本人が乗船していた。沖縄のウミンチュたちも多い。男だけの異様な光景だ。みんなが奇妙な笑みを浮かべながら周りの人々と話し合っている。それぞれが不安を解消しようと情報を集めているように思われた。

亮太たちも仲間と目配せをしながら情報を集めて、この状況を理解しようとした。一人、二人と周りの人混みの中に散っていった。そして数十分後に集めた情報を持ち寄って再び戻って来た。それは、間違いなく日本が英国や米国と戦争を始めたというものだった。日本は、一九四一(昭和十六)年十二月七日、ハワイの真珠湾を奇襲攻撃したというのだ。日本時間では十二月八日、午前三時二十分のことだという。

英国領のマレー半島においても東海岸のコタバルに奇襲上陸したという。四時ごろには、航空隊がマレー半島にある英国の軍事基地を攻撃し、さらにシンガポールまで飛んできた。英国軍が築いた対空陣地や要塞地帯を空爆したというのだ。港近くのラッフルズ広場にも爆弾が落ち多くの市民が犠牲になったという。さくら荘で、亮太たちが聞いた爆撃音はそれらの音だったのだ。日本と英国との戦争が始まったのだ。

乗船の際に渡された鑑識票はインタニー番号だという。「インタニー」とは民間人の収容者のことで、「プリゾナー」は軍人の捕虜や囚人を意味するという。それとは区別されるということだ。命は永らえるかもしれないという小さな希望も湧いてきたが、これからは名前を剥奪されてインタニー番号で呼ばれるという。また新たな不安も湧いてきた。

そして、シンガポールの日本人男性は今日中にすべて拘束され、明日にはマレー半島西南の港街ポート・スティハムへ護送されるということだった。ポート・スティハムはシンガポールから北西へ三〇〇キロの地点にある。マラッカ海峡に面した港湾都市だという。

雄次が、亮太に耳打ちした。

「ポート・スティハムの近くには、マリアの家族が働いているイゾーという村があるはずだ」

亮太には答えられない。雄次が何を考えているかも分からない。思いつめた顔を見ると少し不安になる。真偽のほどは定かでないが、亮太の周りでたくさんの情報が飛び交った。

「シンガポール在住の日本の軍人や一部の政府の要人と思われる人々は、捕らえられてチャンギー監獄に護送された。すでに銃殺された者もいる」

「軍需品を扱っていた商社のトップも、囚われて銃殺された」

そんな噂も飛び交った。シンガポールの市街地からは、瞬く間に日本人の成人男性の姿が消えたという。それはほんとうのことのように思えた。

「シンガポール在住の日本人は、直ちに最寄りの警察へ出頭せよ」

そんな紙片が市内にばらまかれているという。婦女子にも出頭せよとの命令があり、数日後には逮捕されるだろうとの噂も飛び交った。

「日本人インタニーは全員、船倉に降りろ！　急げ！」

大声で艦内の放送が艦上に行き渡る。すでに、日本人インタニーは艦上を埋め尽くしている。亮太には一千人を超えているように思われた。

命令によって、みんなが船倉に移動する。押し込まれた亮太たちは、蒸し風呂のような暑さに喘ぎながら膝を抱えるようにしてその晩を過ごした。翌朝、護送船はチトンの港を出港し、ポート・ステイハムに向かった。

亮太は、傍らに横たわっている雄次のことが気になった。雄次はシンガポールを離れると、二度とシンガポールには戻れないのではないかと盛んに亮太に問いかける。

しかし、亮太にも船はどこへ向かうのか分からない。これから先にどんなことが待っているかも計りかねた。あるいは雄次が言うとおり、シンガポールに戻れないかもしれないし、そうでないかもしれない。マレーの奥地へ連れ込まれ、殺されるのではないかという不安も払拭できない。

「心配しないでいいよ、きっと帰ってこれるよ」

帰ってこれる確証などなかったが、雄次の思いつめた顔を見ると、そのような言葉をかけて慰めざるを得なかった。もちろん、自分にもそう言い聞かせた。

「そうだよな、日本軍がすぐに俺たちを助けに来てくれるよな。心配ないよな」

今度は雄次が自分に言い聞かせるようにうなずいた。しかしまたすぐに不安に襲われるようだった。そして、マリアのことについて、あれこれと亮太に話しかけてきた。

6

護送船は、噂どおり、ポート・ステイハムの港に到着した。ポート・ステイハムには、東南アジアの英国領各地から続々と日本の民間人が集結させられていた。マレー半島の日本人たちも各地の監獄に収容された後、列車でポート・ステイハムへ送り込まれてきた。タイやビルマからは海路を利用し護送船で運ばれてきた。シンガポールに残っていた婦女子も、数日後にポート・ステイハムにやって来て合流した。およそ二五〇〇人余の日本人が集結させられた。

ポート・ステイハムの収容所は、本来はゴム園の苦力たちのものであった。奴隷のように連れてこられたインド人や英国領アフリカの黒人が、ゴム園の労働に耐えることができるかどうかの身体検査を受け、予防注射を受ける場所であったという。逃亡を防ぐために、鉄条網が張り巡らされ、監視哨が建てられていた。それがそのまま日本人インタニーたちの収容所として利用されたのである。

収容所では、一気に膨れ上がった収容者に対応できずに劣悪な食事と飲料水不足に悩まされた。やがて十二月十九日、再び移動が命じられた。しかし、行き先は告げられなかった。収容者たちの不安は増大した。

亮太たち太平丸の乗組員は、互いに身を寄せ合ってこの困難に対応しようとしていた。起居を身近で行い、励まし合い、耳に入った情報を伝え合った。日本軍の大勝利の情報も多かったが、そのすべてを信用するわけにはいかなかった。不安を掻き立てる情報も多かった。

「俺たちは、どうやらインドへ護送されるようだぞ」

「その前に、再びシンガポールへ戻り、チャンギー監獄へ入れられるという噂もある」

「なぜだ?」

「そこで、選別する」

「選別?」

「詳しくは分からないが、働ける者と働けない者に分ける」

「なぜだろう？」

「選別するって、処刑にするってことか？」

声を潜めて、聞き集めた情報を出し合って話し合う。不安を煽《あお》るものが多かった。

雄次が顔を強張らせ、驚くような決意を語り出した。

「俺は、脱走する！」

「脱走？」

「そうだ、脱走だ。インドになんか護送されたら、生きて帰れないぞ。俺は黙って処刑されるよりは生きる道を選ぶ」

「雄次、慌てティランケー（慌てるな）。まだインドへ護送されるかどうか分からないだろう」

「処刑されると決まったわけではないよ」

先輩の甚助さんや恵輝さんが、雄次を慰める。

雄次は先輩たちを睨み返すように脱走計画を語る。

「なんと言われようと俺の決意は変わらない。護送されてきたときの船よりも、チャンギー監獄へ戻る船は小型のようだ。警備の人手も少ないだろう。緊急用のボートもある。それを奪って逃げる。シンガポールは見知った街だ。そこに終戦まで身を潜めておく。もしくはマレー半島に逃げ込んで山に隠れる。インドでは動けない」

「うん。そうだな」

数名が、膝を寄せ合って真剣に雄次の話を聞き始めた。

「何よりも心強いのは……」

「心強いのは？」

「日本軍が勝ち戦を続けているということだ。この噂が正しければ、シンガポールはすぐに日本軍に解放されるはずだ。我々はすぐに自由になる」

「そうだな、雄次の言うとおりだ」

「そうだろう。俺と一緒に、この計画に参加する者はいないか」

途端に、沈黙が辺りの空気を覆う。その状況を見かねたように甚助さんが不安そうな顔で言う。

「雄次、無理はするな。もう少し様子を見よう」

「いや、俺は、ウチナーンチュの心意気を示したいんだ。生きてシンガポールに戻りたいんだ」

亮太は不安になり、身を乗り出して雄次に言う。

「雄次さん、危険すぎるよ。船には銃を持った警備兵もきっと乗っている。見つかったら殺されるよ」

「大丈夫だ、見つからないようにやるさ」

「たとえ、脱走しても、その後が大変だよ、だれが助けるんだ」

「俺には……」

雄次が口ごもる。その前に吾郎が手を上げて雄次の方を向く。

「雄次、俺はお前の計画に乗る。シンガポールに上陸したら、フクさんのところにかくまってもらおう」

「フクさん？」

「からゆきさんだ」

吾郎が、恥ずかしそう決意を述べる。

「俺は、沖縄に帰る義理はない。フクさんと一緒になって、ここで骨を埋めてもいいと思っている。いちかばちかだ。黙って死を待つよりは、ずっといい。インドに護送されるよりは、シンガポールで生きたい。俺はシンガポールに残る」

「よし！　俺も、加わる」

「俺もだ」

若い漁師たちが、吾郎のあとに次々と名乗りを上げる。

座は一変した。雄次は笑みを浮かべながらうなずいた。

「よおし、ウチナーのウミンチュの心意気を示そうじゃないか」

雄次は、みんなの手を握った後、さらに詳細な計画を話し出した。先輩の漁師たちは、もう黙って若者たちの行動を見守るしかなかった。

7

護送船の行く先は、矢張りシンガポールのチャンギー監獄だった。ポート・ステイハムの収容者たちは再びシンガポールに戻ることに驚いたが、雄次は小躍りして喜んだ。インドではなくマリアの住むシンガポールに戻ることができるのだ。脱走することも容易になる。しかし、第一陣が出発してから、二日経っても、亮太たちの仲間に護送の日は訪れなかった。

「亮太、心配するな。時間があればさらに計画が綿密になる。今は逃亡した後の数日間の食糧と水を準備しているところだ。焦ることはない。必ず成功するよ」

雄次は亮太の不安を打ち消すように笑顔を向けた。

亮太は、やはり心配だった。計画に加わらない亮太を雄次は非難することはなかった。いつもと同じように雄次は亮太の傍らに寝床を確保し身を横たえた。

亮太は、雄次に、もしものことがあれば、と気が気でなかった。糸満でウミンチュをしていたころの雄次との懐かしい思い出が堰を切ったように溢れてきた。雄次も同じような思いに捉われているはずだが、悲しい顔は見せなかった。むしろ明るく輝いていた。

亮太は雄次の傍らで小さくつぶやくように言った。

「手伝うことはできるよ……」

亮太の申し出に雄次は首を振って笑って言った。

「大丈夫だ。お前は黙って見ていろ。俺たちの仲間だと思われると、お前の身にも危険が及ぶぞ。心配するな。たとえ失敗しても、殺されても、俺は後悔しない」

「……」

「なあ、亮太、だれかのために命を賭けて何かをするということは、嬉しいことだよ」

「だれかって……、マリアのこと?」

「そうだ、マリアのことだ」

「やはりそうか……」

「マリアとは、結婚の約束をした。約束はしたんだが、沖縄で暮らすか、シンガポールで暮らすかはまだ決めていない。二人で相談することにしていた。そんな中で捕まった。俺はシンガポールに残り、マレー半島に渡ってマリアの家族と一緒に暮らしてもいいと思っている」

「そうか。そこまで考えていたのか」

「そうだ。俺は約束を守りたい。突然姿を消した俺のことをマリアは心配しているだろう。マリアの所へ戻りたい。ただそれだけだ。二度と後悔はしたくないのだ」

　雄次は、微笑みながら亮太に語り掛けていた。二度と後悔はしたくない……。一度めの後悔は、たぶんあのことだろうか。亮太の脳裏に、雄次のことが様々な記憶に繫がって思い浮かぶ。

「二度と、……って」

「そうだ、二度とだ。一度目の後悔のことはお前も知っているだろう。洋子のことだ。洋子が武男と結婚するのを止められなかった……」

「……」

「亮太、時間は戻らないぞ。お前も後悔するな。だれもが、後悔を繰り返す人生を送るのだろうが、過去の思い出だけに逃げては駄目だよ。前に進まなければ」

　亮太は、胸が詰まった。雄次はこんなことを考えていたのか。それでぼくをシンガポールに誘ったのか。ぼくが洋子を好きなことも見抜いていたという。見抜いていたがゆえに、ぼくにも洋子のことを諦めさせようとしたのか。

　しかし、なぜ洋子は武男と結婚する決意をしたのだろう。亮太には、よく分からない。分からないことが多すぎる。亮太は余計に混乱した。洋子の真意が分からない。

　雄次は、言いたいことを言い終えてすっきりしたような顔になっていた。笑みを浮かべてさらに続けた。

「洋子のことはあまり詮索するな。洋子には、洋子の事情があったのだろう。許してやれ。いいな」

「はい……」

「男は単純だよ。亮太、そうだろう」

亮太は、一瞬なんのことか分からない。雄次が声を上げて笑う。

「吾郎はな、からゆきさんのフクさんに、ゴロウの発音からコウさんと呼ばれていたらしい。二人合わせてコウフクだ。吾郎は、俺が行かなきゃあ、フクさんはコウフクになれないと言うんだよ。吾郎は行くたびにコウフクになったって言うんだよ。それだけの理由だが、それだけでいいって俺は言ったんだ。俺も似たようなもんだからな」

亮太は、そのように考えることのできる吾郎や雄次が羨ましかった。洋子のことを慌てて記憶の中へ封じ込めたが、同時に故郷にいる母や姉、弟妹のことを思い出していた。

8

護送船は昼夜を問わず一日に数回もの往復を繰り返したが、圧倒的な人数の収容者を護送するには絶対数が足りなかった。護送が始まってから四日目に、亮太たちの乗船の日がやってきた。亮太たちの仲間に一気に緊張感が漲った。それは、当初の雄次の計画とは二つの違いが生じたことにも原因があった。

一つは、雄次と吾郎、亮太たちは一緒の船に乗れたが、雄次の計画に参加すると決意を述べた昇、豊、行雄は別の船に分断されて乗船させられたのだ。誤算の一つだった。そして二つ目は夜の出港を望んでいたが、運悪く昼の出港になった。

しかし、雄次はそれでも自らの計画の実行を変えることはないと決意を崩さなかった。先輩たちの意見にも耳を貸さなかった。

それなのに、自分と別の船に乗ることになった昇、豊、行雄たちには計画を見合わせろと必死に説得していた。彼らだけでは危ないというのだ。昇たちは態度を曖昧にしたまま乗船した。

亮太や雄次が乗った船が先陣を切った。不安が立ち込める中で、ポート・ステイハムの港を護送船は出発した。シンガポールまでは短い距離だ。躊躇している余裕はなかった。脱走者は雄次と吾郎だけになったが、亮太は強引に脱走の計画を手伝うと名乗り出た。亮太だけではなかった。太平丸の仲間の恵輝、栄太郎、真治が亮太と一緒に名乗り出た。雄次は苦笑して了解した。

先輩の漁師たちは、やはり計画を撤回するようにと、雄次を説得したが雄次は耳を貸さなかった。亮太も肝を据え、計画の成功を祈って雄次の指図に従った。

護送船には、やはり銃を持った警備兵が乗船していた。警備兵は上空や湾岸から攻めてくる日本軍を警戒しているようだった。空を見上げ海を監視していた。まさか、内部からの脱走を企てる者がいるなどとは、想定できなかったであろう。四六時中、視線は護送船の外に向けられていた。このことは幸いなことだった。彼らが脱走したボートに気付いたころは手遅れになるはずだ。

雄次の合図で、身を挺し這うような姿勢でボートの傍らに突き進んだ。警備兵がいないのを確認すると、みんなで急いでボートを吊るしているロープを外した。海の男には、手慣れた作業だった。

雄次の指図でボートの周りの亮太たちは追い払われた。多くの人数がボートの周りでたむろしていると怪しまれるというのだ。亮太たちは不安を覚えながら、雄次の指図に従った。あとはタイミングを見計らってボートを降ろすだけだ。二人を残し、雄次たちは背をかが屈めてボートから離れた。

太陽は真上に昇りギラギラと輝いていた。だれもが計画の成功を信じて疑わなかった。

そろそろボートを降ろすタイミングだ。姿勢を起こして雄次たちの方向に目を遣ったその時である。亮太たちの前を、銃を担いだインド兵やイギリス兵が五、六人足早にボートの方に向かって走って行った。四人は顔を見合わせた。

「まさか……」

亮太たちは不安に駆られて兵士たちの後をそっと追いかけた。不安は的中した。ボートの傍らで雄次と吾郎が、兵士たちと掴みあいの喧嘩を始めていたのだ。大声で言い争う声が聞こえたかと思ったら、すぐに数発の銃声が鳴り響いた。吾郎は仰向けに引っくり返った。雄次は倒れた身体を反転させ這いつくばったまま腰を大きく上げたが、すぐに風船がしぼむように身体を平たくして動かなくなった。

亮太は、慌てて二人に向かって駆け出そうとした。その後ろから、必死に三人の手が伸びてきた。真治や栄太郎に抱きつかれて倒された。亮太の身体に三人の身体が覆いかぶさる。頭を抑えられ、真治の手が亮太の口を塞いだ。亮太は体を激しくよじって暴れたが、三人の身体を押しのけることは出来なかった。

「雄次が死んでしまう。雄次を助けなけりゃ。雄次が……」

亮太の声は届かなかった。いや声にもならずに口の中で消えていった。

雄次と一緒に死にたかった。死ねなかったことを後悔して、大粒の涙が溢れた……。

亮太たちを乗せた護送船は予想どおりシンガポールの港に入港した。そして予想どおりチャンギー監獄へトラックで護送された。その前に、雄次と吾郎の遺体は、毛布にくるまれて海中へ投げ込まれた。

チャンギー監獄では、およそ二か月間の収容所生活が続いた。

一九四二（昭和十七）年一月、チャンギー監獄から二〇〇〇人余の収容者がインドへ向かって移送されることになった。これからさらに長い収容所生活が始まるのだ。炎熱の砂漠の収容所での生活である。

もちろん日本人インタニーにとって、まだ、だれも体験したことのない未踏の地での収容所生活である。みんなの運命が大きく変わろうとしていた。少なくとも亮太には、思いも寄らぬ出会いと別れが待っていた。

第四章

プラナキラ

1

マラッカ海峡の海は穏やかだった。亮太たちは、チャンギー監獄近くの桟橋からパルソバ号に乗船させられて一夜を明かし、一九四二（昭和十七）年一月七日の朝、出港した。

その前日の一月六日の朝には、日本人収容者全員に鉄製のマグカップが支給され、移動命令が告げられていた。三陣に分かれて移動するとのことだった。

亮太は第一陣の六五〇人の中に組み込まれてパルソバ号へ乗船させられた。第二陣の約一〇〇〇人は、二日後の一月八日にチャンギー監獄からバスでシンガポール最北部のセレタ軍港に運ばれ、ラジェラ号でインドへ向かうことになっている。そして第三陣は日本人婦女子約八七〇人で、第二陣の出発後のさらに四日後の一月十二日、エチオピア号に乗せられて、シンガポールを出港するはずだ。

行く先は告げられていなかった。しかし、だれもがインドであることを予想していた。ベンガル湾に入ると、もう、インドへ向かっていることを疑う者はいなかった。マラッカ海峡やベンガル湾は、亮太たちウミンチュの活躍する漁場だ。太陽の位置や風向きから、その先に英国領インドがあることを知っていた。ただインドへ向かっていることは分かったが、インドのどこへ上陸し、どの地区の収容所に収容されるのかは分からなかった。

マラッカ海峡を進み、右手にマレー半島、左手にスマトラの島影が見えなくなり、ベンガル湾に入ると、穏やかな海が少し時化《しけ》て波打ってきた。大型の輸送船とはいえ、しぶきが甲板まで飛んできた。亮太は、それでも甲板に出て、広大な海を眺めていた。

雄次と吾郎の遺体は船上から海葬された。毛布にくるまれて、シンガポールの海に投げ込まれた。あの光景が、亮太の脳裏に、度々蘇って来た。仲間たちに身体ごと抑え込まれ、声を出すことも身体を動かすこともできなかった。飛び出していたら亮太も殺されていたかもしれない。きっと恵輝さんや栄太郎たちに感謝すべきなのだ。

しかし、雄次を助けられなかったという悔しさと、雄次から死に急ぐなと意図的に置いていかれたのではないかという不思議な感慨も沸き起こっていた。そうだとして、なぜ雄次は、そのようにしたのだろうか。雄次を喪った今、雄次の存在がどれほど大きかったかに気づいた。亮太は波に浮かぶクラゲのようにぼんやりとしていた。

一つ遅れた護送船に乗った昇、豊、行雄は、結局は脱走しなかった。雄次が止《や》めろと忠告したのを守ったからではない。船に乗り、脱走が困難なことが分かったからだ。チャンギー監獄で雄次と吾郎の死を知った彼らは地面に崩折れて慟哭した。先輩漁師の甚助さんや多くの仲間たちに励まされて目頭を拭いた。

シンガポールを出発してからインドへ上陸するまでの九日間、ベンガル湾の海上で、亮太は何度も朝日と夕日を見た。父と兄を殺した海、そして二人の友を飲み込んだ海……。

ヤンバルにいた幼いころ、夕日は水平線に沈む卵だと亮一兄は語っていた。揺らぎながらたくさんの命を宿して水平線へ埋没してスディル（孵化する）所だと。そして翌朝、たくさんの命を蘇らせるのだと。

しかし、今、じっと見ていると、夕日は生まれてくる命を宿しているのではなく、死んだ人々のマブイ（魂）を宿しているのではないかと思われる。真っ赤に染まり、無念の思いで揺らぎながら沈んでいく死者たちのマブイだ。父も兄も、そして雄次も吾郎も再び蘇ることはない。夕焼けの時間は希望ではない。きっと葬送の時間なのだ。毎日毎日繰り返される人々の死を夕日は弔《とむら》っているに違いない。

亮太の脳裏を様々な思いが交錯する。過去も未来も人々も……。父や母や姉や弟妹たちも。隆や洋子や智子たちも……。

空はどんよりと曇っている。が、この空は世界に繋がっていることに気づく。空だけではない。目前の広大な海も世界に繋がっているのだ。この海は、インドに繋がり、糸満に繋がり、故郷ヤンバルに繋がっているはずだ。願わくば雄次たちの遺体は深海に沈むことなくサメに食われることなく、沖縄まで流れ着いて欲しいと思う。そんな破天荒な空想に涙がこぼれる。

琉球王国の時代、ウミンチュ（漁民）たちは、この海を世界に繋がる海上の道として「万国津梁《ばんこくしんりょう》」の矜持を抱いて、シンガポールやマラッカ海峡までやって来たという。先人たちの勇敢な話が蘇る。

船べりを叩く海面の白い模様に雄次の姿が浮かぶ。

「ガンジューイ（元気か）」

「亮太、泣カンケー（泣くな）」

雄次が励ましてくれているように思う。笑みを浮かべている。亮太も慌てて涙を拭い「元気だよ」と返事をする。明日のことは、亮太には、もう分からない。

パルソバ号は、シンガポールを出発してから九日目の一月十六日、インド東部のガンジス河に入った。幅広い河を進むとすぐにカルカッタの港に到着した。午後四時だ。しかし、入港したものの沖合に錨を降ろしたまま、翌十七日まで船内に閉じ込められたままであった。十八日の昼ごろ、やっと着岸を許された。着岸するとすぐに英国の軍人が乗り込んできた。各人に毛布二枚と食器とスプーンが一個ずつ、靴下一足が支給された。

上陸は夕方になって行われた。そのまま列車に乗せられて午後七時半ごろ出発、列車は一路北西に向って走った。インドの内陸を目指していることは分かったが、行く先はいまだ分からなかった。列車は途中の駅々で停車した。護送されるインタニーたちは列車の中から必死に駅名を探して読んだ。

十九日にアサンソル駅、二十日にアラハバート駅などに停車しつつ、二十一日、デリー駅に着いた。三泊四日の列車の旅であった。だれからともなく目的地はデリーであったことが告げられ、互いに顔を見合わせてうなずきあった。一息ついたが、列車は再び動き出した。デリーの街を抜けると周りの風景は樹々のない砂漠地帯である。しぼんでいた不安が再び膨らんだ。

列車は三十分ほど走った後、ニザムジンという駅に到着した。そこで下車を命じられた。駅から隊列をつくり、砂漠の中を歩くことを命じられた。インタニーたちの疲労は極限に達していた。三泊四日のデリーまでの旅は終わったものの、この間、食事は一日に小さなジャガイモとパン一切れしか与えられなかった。体力も消耗していた。

駅から収容所まで、肩を落としたインタニーたちが、とぼとぼと歩き始めた。死んだ魚が波打ち際に並んで腐っていく風景を思い出させた。三キロほど歩いた後、遠くに緑の灌木地帯が目に入った。護送される列車から眺めた瓦礫や砂漠の地とは明らかに違う光景だ。隊列から、うめき声ともため息ともつかぬどよめきが起こった。強いて言えば、自らを鼓舞し自らを励まし、希望を見つけようとする声だ。皆がなおも重い足を引きずって歩き続ける。

灌木に近づくと目の前に異様な造りの城門と、どす黒く朽ち果てて荒い岩石が剝き出しになった古城が見えてきた。城門をくぐると城壁の中にたくさんのテントが張られていた。だれからともなく、ここはニューデリー南部のプラナキラ古城で、ここが収容所になるということが伝えられてきた。

護送されてきたインタニーたちは、疲労のあまり、もうだれもが声を上げることができなかった。無言のままで城壁の中に座り込む者たちが多かった。チャンギー監獄を出てから十六日間、海路約三〇〇〇キロ、陸路約一三〇〇キロだ。長く苦しい旅が終わった安堵感と疲労感とで声が出なかったのかもしれない。それとも開戦の日の十二月八日に拘束されて以来、およそ四十五日間、不安に苛まれながらの日々であったがゆえに、ようやく落ち着く場所を与えられた驚きからであったのだろうか。しばらくの間、だれもが声を失っていた。

2

プラナキラへ、第二陣の一〇〇〇人余が到着したのは、亮太たち第一陣より三日遅れの一月二十四日だった。彼らを運んだ輸送船ラジェラ号は、亮太たちが接岸したインド東部のカルカッタ港ではなく、インド西部のボンベイ港であったという。そこから列車で運ばれてニザムジンの駅へ到着し、駅からこのプラナキラまで歩いてきたのである。

第三陣の婦女子八七〇人は、亮太たちと同じ経路を通ってカルカッタから上陸する。しかし婦女子であるがゆえに、子どもや赤ん坊、そして若い母親が体調を崩す。カルカッタへ入港した際に、体調を崩した九人が重病で警察病院へ収容される。第一陣同様列車でニザムジン駅へ到着する。第二陣に遅れて一月二十五日、バスでプラナキラに到着するのである。

第三陣到着後も、東南アジアの英国領各地から、プラナキラへ送り込まれてくるインタニーたちは数多くいた。インド各地やマレー半島、ビルマなどからのインタニーたちである。たぶん、その年の三月ごろには日本人収容者は三〇〇〇人ほどになっていたはずだ。

亮太たちがプラナキラの収容所に入ったのは一月の末で寒い時期だった。テントには六人が一組になって入ったが、インド人が用いる網縄で作ったベッドが一人に一台ずつ与えられた。寝ると荒縄が背中に食い込んで痛くなった。さらに寝具や衣類が貧弱なため寝付かれない日々が長く続いた。多くの者が上半身は汚れたシャツ、下半身は半ズボンだった。半ズボンからは長期に渡った護送の日々で、すでに痩せて膝頭ばかりが目立つ脚が竹のように突き出していた。

プラナキラ収容所は、イギリス人の指揮官の下、インド政庁が管理をしていた。そのためインド人の兵士や警察官が多かった。彼らはみんな銃を携行していた。

プラナキラに到着してから、すぐに写真撮影があった。インタニー番号票を示し、ローマ字で姓名を書かれた石盤を首に釣るされた。否応なく収容所生活のスタートを自覚させられた。

多くのインタニーたちは屈辱感に苛まれ誇りさえも傷つけられたとして嘆いた。

しかし、幾人かのインタニーたちは、プラナキラ到着直後から、彼らを恐れることなく堂々と自らの欲求を突き付けていた。その幾人かが収容所のリーダーになった。リーダーたちは、収容所全体を三翼に分けて構成し、その下に班を置いて班長会をもった。インタニーたちの不満や希望を班長会議で吸い上げて翼長会議で確認し、当局へ施設の改善や権利の要求を頻繁に行って交渉した。軍人としての捕虜ではない、民間人のインタニーとしての収容である。人格を尊重せよというのが共通の思いであった。リーダーは自然に生まれ、そして互選されて確認された。

第三翼のリーダーが発表されたとき、亮太たちは驚いた。亮太たち南栄水産公司社長稲福寅吉であったからだ。何人かは無事を讃え合いに稲福寅吉のテントまで出かけて行った。

長引く収容所生活の中で、収容者の環境は徐々に改善され整えられていった。テントの割り当てなどにも配慮がなされ、シンガポール組、ジョホールバル組などと、拘束された際の地域ごとの割り当てがなされた。また特別に、沖縄組のテントも用意された。ただ、すべてのウチナーンチュがそれらのテントに収容されたわけではない。ウチナーンチュはあまりにも多すぎた。三〇〇名余のウミンチュ（漁師）たちがいたはずだ。彼らの中には、希望して各テントに留まる者もいた。

収容所の指揮官からの連絡は、翼長を通じて班長になされ、班長は各班のインタニーたちに告げた。売店が設けられ、子どもたちの学校が設けられた。

亮太たちは収容所の生活に徐々に慣れていった。だが、いつまでも慣れることのできないのがインドの暑さだった。プラナキラに到着した一月は寒い時期だったが、二月になるとだんだん暖かくなり、三月になると毎日温度が一度ずつ上がるのではないかと錯覚するほどの猛暑がやって来た。三月の下旬には沖縄の夏以上の暑さになり、やがて毎日四十度を超す暑さが続くようになった。

四月になると酷暑になった。太陽は怒り狂ったように照りつけ、光線は肌に突き刺すようで痛みさえ感じた。わずかの間でも外に出ることは憚られた。地面は焼けている。風はない。たまに風があると熱風である。最高気温が四十五度以上の日が何日も続いた。

インタニーたちは暑さを凌ぐためにいろいろと工夫をした。テントの屋根に盛んに散水もした。しかし、水はすぐに蒸発し、ほとんど効果はなかった。テントの中でじっと耐えるしかなかった。

海岸から一〇〇〇キロも離れたニューデリーの周辺は、完全に大陸性気候で昼間は熱気が立ち込め、夜になっても気温は下がらなかった。じっとテントの中で汗を流しながら我慢しなければならなかった。このような暑さは十月末まで続き、この期間には蚊も蠅も熱射で死んでしまう。小鳥さえ日射病にかかり死んでしまうとも言われていた。

さらにこの地方の夏季には、サンドストームと呼ばれる砂嵐が度々襲来した。遠方の西の空に突如真っ黒な雲が現れる。急速に砂塵が雨雲のように空を覆うのである。真昼でも真っ暗な空になり、周囲は見えなくなった。

時には雹《ひょう》の襲撃をも受けた。空一面が灰色になり、突然、氷の塊が鉄砲玉のような勢いで降ってくるのだ。ときにはピンポン玉ぐらいの大きさのものまで降ってきた。ドスドスと不気味な音を立てて次から次へと止むことなく降ってくる。テントがめちゃくちゃになり、けが人が出ることもあった。

雹が降り止み、溶けだすと、今度は川のように勢いよく溶けた水が流れ出した。テントの中も濁流が流れ、ベッドの上に飛び上がるときもあった。

三〇〇〇人近い収容者がおれば、当然けが人や病人が出る。猛暑と非衛生的な環境、食事の悪さなどが重なって病人の発生は止むことがなかった。インタニーの中には医者がいて、病人やけが人を運び込んでくるテントも常設されたが、治療のための設備や医薬品が整っていなかった。

死亡者の死因は、収容所生活初期のころは、結核、肺炎、ガンなど持病による者が多かった。しかし、八月から九月にかけては赤痢による死者が増え、さらにマラリアや脚気《かっけ》による死者が出てきた。乾季の酷暑の中で衛生状態の悪さが赤痢を生みだしたのだ。脚気はビタミンＢ１不足から起こる病気である。リーダーたちの努力にもかかわらず、収容所生活は決して満足のいく環境ではなかったのだ。

3

「亮太、お前のことを知っている夫婦連れがいるぞ」

栄太郎が慌ててテントの中に入ってきて、目を大きく見開き、驚いた口調でそう告げた。亮太も栄太郎以上に驚いた。

亮太と栄太郎と行雄は、同じテントの中で生活していた。雄次を失った後、互いの悲しみを忘れることに必死であった。日々の生活のことで精いっぱいで、昨日のことも明日のことも考える余裕さえなかった。ただ茫然と歳月を重ねていたが、栄太郎の言葉に亮太は驚いた。

「ビルマからやって来た夫婦連れだ。お前と糸満で一緒に上原組でヤトイングヮとして働いていたそうだ」

「ええっ？」

「奥さんは、可愛いグヮーだよ」

「まさか……」

亮太は、次の言葉が出なかった。まさか、武男と洋子……とは、思われなかったが、それ以外には思い浮かばなかった。

「二人は我々よりも遅れて、このプラナキラにやって来たそうだ。周りの人々の噂によれば、旦那は少し乱暴者のようだ。あんまり評判がよくない。思い出せるか?」

「たぶん……」

「俺たちのテントに行こうって誘ったのだが、お前が挨拶に来るべきだって言うんだよ。どういう仲かなと戸惑ったけれど一応は知らせておこうと思ってな」

「うん、有難う」

「えっと、なんという名前だったかなあ……」

栄太郎が、頭を掻く。

「武男、名嘉村武男、そう名乗ったんじゃないかな」

「そうそう、そういう名前だった。奥さんの名前も聞いたんだが、私は奥さんではありませんって、そう言ったきり女の人は黙ってしまって何も教えてくれなかった。なんだか訳がありそうな夫婦だったよ」

栄太郎は興味深そうな笑みを浮かべた。そして亮太の傍らで立ったままで亮太の反応を窺っていた。亮太がそれ以上は何も話さないので、やがて諦めて自分のベッドに立ち去ろうとした。

「ちょっと待って」

亮太だって混乱していたのだ。なぜ、武男と洋子がここにいるのか。奥さんではないと言っている連れの女は果たして洋子なのか。武男と洋子の二人は、結婚の約束をして糸満に留まっていたはずだ。ビルマからやって来たというが、人違いではないだろうか。

「もう少し教えて欲しいんだが……」

亮太の心に、早く会って確かめたいという思いと、もし二人なら、会ってはいけないのではないかという思いがせめぎ合っていた。死んだ雄次の顔も思い浮かんだ。どうすればいいのだろう。決心がつきかねた。亮太は、自分の心を測りかねたままでに栄太郎に尋ねる。

「二人は……、糸満からビルマに渡ったのかな?」

「いや違う。フィリピンで働いて、それからビルマに渡ったらしい。ビルマに着いたらすぐに戦争が始まって逮捕。夫は紹介された水産会社へ行くこともできなかったらしいよ」

「そうか……。俺と雄次は、武男と一緒に糸満の同じ組で働いていたヤトイングヮだ。武男は一番上の先輩で、厳しくしごかれた」

「そうか、そういう仲だったのか」

「女の人も……、同じヤトィングヮだった、人かもしれない」

「かもしれない?」

「うん、俺が知っている人ならそうだが……、違う人ならそうでない」

「確かめて来たらいいよ」

「うん、そうしよう」

亮太は、決心がついた。後悔の少ない人生を送れ、と言った雄次の言葉が浮かんできた。

「雄次のこともあるし、明日にでも会いに行くよ」

「うん、そうした方がいい」

亮太は意を決して、栄太郎に言う。栄太郎が笑顔を浮かべて返事をする。亮太はお礼を言ってベッドに横になった。

横になっても、二人のことが思い出されて落ち着かなかった。洋子は結婚の約束をしていると言って雄次の申し出を断ったはずだ。結婚はしなかったのだろうか。武男は洋子の実家のある読谷に行って、父親と一緒にウミンチュになると言っていたのではないか。なぜ糸満を離れたのだろう……。何よりも女の人は洋子なのだろうか。確かめることは幾つもあるような気がした。

翌日、朝食後に、栄太郎に教えてもらったとおり、九つほど離れたテントに向かった。女、子どもはプラナキラ城の楼閣の部屋に住んでいる者も多かったが、部屋数が少なく、多くの婦女子はテントでの生活を余儀なくされていた。遅れてきた武男夫妻もそうなのであろう。

教えられたテントに近づくほどに、亮太の胸騒ぎは収まらず心臓は早鐘を打った。なぜだろう。武男の連れ合いが洋子だとしても、もう人妻なのだ。そう言い聞かせて訪ねる決意をしたのに足が竦《すく》む。出来るだけ意識を逸らそうと思い、ヤンバルでの智子との指切りを無理に思い出して、心の平静さを保とうとした。が、あっという間に目的のテント前まで来ていた。呼吸を整え、大きな声で挨拶をした。

「こんにちは」

だれも返事をしなかった。声が小さかったのだ。もう一度、声を掛けた。すると中から、「はあい」と女の人の声がした。こちらに向かって歩いて来るようだ。目の前のテントの扉が開いた。洋子ではなかった。女の人に、手短にテントを訪ねた理由を述べた。女の人はうなずいて再び扉を降ろして中へ消えた。しばらくして再び扉が開いて女の人が現れた。思わず声を上げた。

「洋子……」

洋子も驚いて立ち竦んだままだった。声を失っていた。まさか二人とも故郷からこんなに遠く離れたインドの地プラナキラで再会できるなどと思ってもみなかった。

「元気だったか……」

亮太の問いに、再びテントの扉が閉ざされた。洋子は会うことを拒んだのか。亮太は茫然として立ち尽くした。やむをえないことかもしれない。突然、過去が蘇ったのだから。

瞬きのような出会いから、亮太は必死に洋子の顔を蘇らせた。洋子は元気そうだったか。やつれてはいなかったか。しかしどれもうまく像を結ばない。雄次の死だけでも告げようと思ったが、無理かもしれない。諦めて、引き返そうとした時だった。再び目の前のテントの扉が開いた。頭に水色のスカーフを被った洋子が現れた。

「びっくりしたわ、いきなり現れるんだから……。外で話しましょう。何年ぶりかねえ」

洋子はそう言うと、笑顔を浮かべて自分からテント近くの木陰へ案内した。強い日差しが足元に影をつくったが、亮太も笑顔を浮かべて洋子の後ろに続いた。

木陰を見つけ、腰掛けになりそうな岩を見つけてそれぞれ腰かけた。顔を見合わせていると、糸満での日々が蘇ってきて涙がこぼれそうだった。懐かしさで目が潤んだ。戦争の中、よく生きていてくれたとも思った。

亮太は気を鎮めると、糸満を離れてからの数年間のことを話した。話し出すと次から次へと記憶の波が押し寄せてきた。雄次とのシンガポールでの日々、一人散策したシンガポールの街並み、デパートでマネキンと間違えたイギリス女性、華僑の活気あふれる市場、そして雄次の死のこと、雄次の恋人マリアのこと、次から次へと話し出していた。

洋子も、静かに話し出していた。多くは糸満や那覇での過ぎ去った楽しい思い出だった。やがて雄次を裏切り、亮太の優しさに応えられなかった自分を顔を俯せて責め続けた。

亮太と雄次が去った後、武男の女漁りがばれて糸満におれなくなったこと。武男は大嘘つきで、洋子との約束はすべてホゴにされたこと。郷里にも帰れなくなって、武男の嘘に縋って生きていく以外にはなかったこと。武男に誘われ一緒にフィリピンに渡ったこと。フィリピンからビルマに渡ってすぐに逮捕されたことなどだ。

洋子はその他にも、多くのことを話してくれた。雄次の死を告げても涙をこぼさなかった洋子が、時折、目を潤ませ、首に巻いたスカーフで涙を拭った。

亮太は、いい聞き手ではなかったかもしれない。洋子の数奇な人生に、励ます言葉も同情する言葉もかけてやれなかった。なんだか悲しかった。そして、生きていることが現実のことではないような浮遊感に襲われた。戦争のさなかとはいえ、生も死も実感がなかった。現実が手の中からするりと抜け出てしまっていた。

テントの前で別れる際に、もう一度出直して、武男にも会いたいと告げた。残酷なことのような気もしたが、そう言わなければならないようにも思われた。洋子は、泣き出しそうな笑顔を受かべてうなずき、テントの中へ消えた。

4

洋子との出会いは、まさに偶然がもたらした奇跡だった。信じられないことだったが、不思議な縁も感じた。洋子も喜んでくれた。少なくとも表面上は、そのように見えた。

その後に武男とも会ったが、傲慢さは以前にも増しているように思った。雄次の死を告げたが眉一つ動かさなかった。亮太は怒りが込み上げてきて、感情を抑えきれずに、そのやり場に困った。同じテント仲間の栄太郎と一緒に訪ねてよかったと思った。

栄太郎も糸満漁師であったが、武男のことは知らないと言った。同じ船団に組したこともないし、面識もないと言った。

「あれでは洋子さんも可愛そうだな」

栄太郎は、つぶやくように亮太に向かって言った。

「夫婦でないと言い張るのも分かるような気がする。でも男女の仲は分からないからな。俺たちだって吾郎がフクさんに、あんなに思いを寄せていたなんて知らなかったからな。吾郎は冗談だけ言っていたからびっくりしたよ。亮太は、吾郎とフクさんの仲を知っていたか？」

「いや、知らなかった。誘われたこともなかったから」

「そうだよな、お前はからゆきさんの所へは、行かなかったからな。あの洋子さんがお前のウムヤーグヮー（初恋の人）か？」

「いや、そんなことはない」

「そうか、何となく、お前たち二人は思いあっていたんじゃないかという気がしてな」

「そんなことはない。洋子さんは人妻だよ」

「そうかな、そうだとしても、奪えばいいじゃないか」

「ええ、まさか……」

「洋子さんが好きなら奪えばいい」

「それは……、できないよ」

「できない？　なぜだ？　後悔しないか？　雄次も、吾郎も、死んでしまったけれど、後悔していないはずだよ。俺はそう思うよ。亮太はどう思う？」

「ぼくは……、分からない」

「そうか、分からないなら、分からないでもいいさ。うやむやにして時を過ごすのも、一つの解決策かもしれないからな」

亮太は、胸の内が苦しくなった。今日の栄太郎は手厳しい。亮太より五つほど年上だが、故郷沖縄には奥さんも子どももいると聞いている。

栄太郎が言うとおり洋子を奪いたいとも思うが、それが正しい行為とは思えない。そう思った後に、男女の関係で、正しい行為というものがあるのだろうかと疑問が沸く。何が正しくて何が間違っているのだろうか。洋子は正しい行為を取ったのだろうか。そう考えると、妄想が渦巻いて余計に苦しくなる。

「俺はな、女房を奪って結婚したようなものだ」

「えっ？　本当ですか？」

「結果的にはそうなるかもしれない。恋愛とは、そういうものじゃないかなあ」

栄太郎は笑っている。亮太は笑う気にならない。人それぞれの愛の形は様々なのだろう。でも、もうこの話をおしまいにしたかった。

洋子が教えてくれたことなのだが、姉の亮子がフィリピンの魚市場で働いていたというのだ。武男もこのことを亮太に告げた。この話は亮太を驚かせ不安にした。このことも洋子や武男との再会と同じように亮太には信じ難いことだった。

栄太郎の投げかけた夫婦の話題を避けるために、亮太は栄太郎に尋ねた。

「フィリピンのこと、どう思いますか？」

「どう思うかって？」

「激しい戦場になっているのかなあ」

「それはなっていると思うよ。フィリピンはイギリスに代わってアメリカが統治しているというからな。日本軍と正面からぶつかっているんじゃないかな」

「そうか……」

「フィリピンのゲリラは、海上にも山中にも出没して、日本人を目の敵にしているというよ。フィリピンでの海賊船のことはお前も知っているだろう。武男たちウチナーのウミンチュも、それが不安でビルマへ逃れたと言っていたじゃないか。市中での市街戦も始まっているらしいよ」

「うん、そうでしたね」

「そうか。お前の姉さんが、フィリピンの魚市場で働いていると言っていたな」

「ええ、そうなんです。だから心配で」

「そうか、それは心配だな……」

洋子や武男の話をまとめると、姉の亮子は次のようになる。

「亮子はヤンバル小兼久の隣村の金城祥治さんと結婚して一緒にフィリピンへ渡って来た。金城さんに、よく働く娘だと見初められての結婚であった。亮太の姉であることが分かってから洋子たちとの交際が始まった。亮子には三歳の娘と男の乳飲み子がいた。ヤンバルには病気がちの母親と弟妹がいる。三人ともヤンバルで無事に暮らしていればいいがといつも気にしていた。金城さんはフィリピンに来た当初は自らの漁船を駆使して現地の漁民を数名雇って操業していたが、間もなく軍に漁船ごと徴用された。その後は姿を見ることはほとんどなくなった」と……。

亮太は、姉亮子にも亮子の生き方があったのだろう。母親と弟妹を残してのフィリピン行きだからよっぽどの決意があったのだろう。それだけに不安を隠さずに栄太郎に言う。

「金城さんは、軍属として食糧確保のために船に乗って海へ出ることが多かったというし、姉さん親子は大丈夫かなと思って」

「そうだな、心配だなあ。みんな生きていればいいんだがなあ」

栄太郎さんも、不安そうに相槌を打つ。亮太は絞りだすような声で、つぶやいた。

「インドから、フィリピンはあまりにも遠い。呼んでも届かない」

「ヤンバルはもっと遠い」

二人は、泣き笑いになっていた。

「亮太、生きて帰ろうなあ。それが死んだ雄次や吾郎たちに報いることになるはずだ」

「……」

亮太には、答えられない。しかしぼんやりとしていた生死が、少しずつ霧が晴れるように周りが見えるようになっていた。そして明確に「生きたい」と思うようになったのも、きっとこのころであっただろう。

5

日本軍がマレー半島に上陸したのは一九四一（昭和十六）年十二月である。マレー半島を制圧し、半島東端のジョホールバルを陥落させて、制空権を握ると、日本機が連日シンガポールを爆撃した。難攻不落の要塞と考えられていたシンガポール島には、連合軍の合同司令部があった。

日本軍に航空権を奪われたため連合軍は切り札としてイギリス戦艦プリンス・オブ・ウェールズと巡洋戦艦レパルスを出撃させたが、日本海軍の攻撃を受けて撃沈された。開戦から三か月経った二月の初めごろには、日本軍はゴムボートを用いてジョホール海峡を渡りシンガポールの北西海岸に上陸、数日間の戦闘の後、シンガポールの北部と中央部をほぼ制圧した。

多くの中国人義勇兵とマレー人兵士はイギリス軍を助け、日本軍と戦った。しかし連合軍は都市部に向かって進む日本軍をくい止めることができなかった。イギリス軍のパーシヴァル将軍は、日本軍の司令官である山下奉文《やましたともゆき》中将に対し、降伏することを決めた。シンガポールは一九四二（昭和十七）年二月十五日、日本軍の手に落ちたのである。亮太たち日本人収容者がチャンギー監獄を去ってからわずか数週間後のことである。

シンガポールは日本軍によって昭南島と改称された。そして今度は日本人に代わって英国の兵士や民間人がチャンギー監獄へ収容されたのである。

日本軍は、上陸後、多くの兵士や民間人を殺害した。特に抗日運動を激しく展開していた中国人華僑たちには容赦しなかった。例えば、シンガポールを占領し降伏文書を交わした日本軍は、その四日後に華僑の男を集め、抗日分子と見なした者はトラックで東海岸などに連れ去り、機関銃で射殺したと言われている。

日本軍は、マレー人とインド人を、中国人や他の連合国の人々よりも優遇した。なぜならマレー人とインド人を敵とみなさなかった。また彼らの助けが必要だったからである。多くのマレー人兵士や民間人が日本の配属下にある軍隊に志願兵として参加した。また、多くのインド人兵士と民間人も、ビルマとインドに駐留するイギリス軍と戦うために、日本軍が編成したインド国民軍に加わった。

やがて、日本軍のシンガポール占拠は遠く離れたプラナキラ収容所まで影響を及ぼした。シンガポール占拠を機に、プラナキラ収容所から解放される第一次帰還組の選考が始まったのである。相手国との抑留者同士の交換であったから、それに見合った人数が選考されるという。全員が帰れる訳ではなかった。

もちろん、プラナキラ収容所のだれもが日本へ帰りたかった。だれもが、この選考に選ばれたかった。プラナキラでは、すでに一年余の収容所生活が過ぎていたのだ。

公平を期すため選考委員会が設置された。そしてみんなが固唾を飲んで帰還者名簿の発表の日を待った。第一次分の発表が七月十三日に行われた。ただそのリストは取り消されたり追加されたりと何度も変更された。最終的には七二〇名が選ばれ八月二日にプラナキラを離れた。

帰還することのできなかった残留組の不満は大きかった。公平を期して選んだ選考委員の人選は、むしろ不公平になったのではないかと長く不満がくすぶった。実際、日本側の交換者名簿には、外交官とその家族、また商社員や銀行員など大手企業の管理職や関係者の名前が多かった。つまり海外勤務で派遣されていた会社員たちは優先的に帰されたが、東南アジア各地に住み着いて自営業などを営んでいた一般の人々は後回しにされたのである。帰還組には亮太たち水産会社の社長稲福寅吉も含まれていた。

抑留者の交換については、その後も何度か噂が流れたが、噂に過ぎなかった。日本と英国の間で交渉が行われたかどうかも定かでなかった。第一次帰還組と名指しての帰還であっただけに、第二次帰還もあるのではと希望を持たせたが、二次はなかったのである。それゆえに残留組には、長くその選考に対する不満がくすぶった。とりわけ、七二〇名の中には、台湾人や沖縄人収容者は一名も含まれていなかった。

交換員を乗せてインドを発った龍田丸と鎌倉丸は、それぞれ九月十六日と九月二十五日にシンガポールに入港した。龍田丸、鎌倉丸とも四百名ほどの帰還者が乗船していたが、彼らの多くが日本へ向かうのではなくシンガポールで下船した。シンガポールが日本軍の支配下にあるという気楽さもあったのだろう。あるいは再び戦前の豊かな暮らしに戻ることを夢見たのかもしれない。

しかし、その三年後には日本軍の敗戦で再び囚われの身になるのである。彼らの多くが再び戦火に巻き込まれ、数奇な運命をたどることになるのである。

シンガポールを出港して横浜港に向かった龍田丸には、わずかに一六三名の日本人収容者が乗っていただけである。横浜港に入港し、帰還した人々もまた、場所は違えど日本本土での戦火に巻き込まれるのである。

6

第一次帰還組の選考に漏れ、プラナキラ収容所に残された二〇〇〇人余の収容者たちの憤懣は長く尾を引いた。武男もその一人だった。武男は声を荒げ怒りをぶちまけた。その怒りは、去っていった者たちや選考委員にだけでなく、同胞であるウチナーンチュにも向けられた。

「エエ、イッターヤ、ワジランナア（おい、お前たちは怒らないのか）。名簿にはウチナーンチュの名前は一人もないんだよ。だれがみても不公平だろうが」

武男は、そんな風に叫んで怒らない同胞に怒っていた。酒を飲んでは、テントの中にいる周りの者に大声で不満をぶちまけた。

「帰還組は七二〇人だよ。その中にウチナーンチュは一人も入っていないんだ。考えられないよ。これは差別だよ。ウチナーンチュを馬鹿にしているんだよ」

武男がいうように、だれが見ても名簿は不公平だった。帰還者名簿の作成には、名簿の差し替えや追加などが頻繁に行われ確定が長引いた。このことが不正が行われた証拠だとも言われていた。疑えばきりがなかった。そのため選考委員へ暴力を振るう者まで出ていた。

プラナキラ収容所の運営に尽力した人々や、各翼の幹部や外交官などは帰還組に入っていた。特に外交官は、最後まで収容者を見守りその解放に尽力すべきだという残留組の不満は大きかった。

日本人医師や教員への風当たりも強かった。日本人医師は五人、すべて帰還した。残りは台湾人の医師だけになった。教育のプロの教師も、多くの子どもたちを残して帰還したのである。

帰還前に、選考委員の一人で若い矢沢隆一が襲撃され重傷を負った。もちろん、矢沢は帰還組へ自らの名前を書き込んでいた。襲撃はウチンーンチュ二名と台湾人一名が引き起こしたと言われていた。そしてウチナーンチュの一人は、名嘉真武男であるとみなされていた。もちろん、残留組のだれもが、その手段を糾弾すべきだとは思っていたが、罪をとがめる者はいなかった。武男の怒りは数か月も続き、そして反復された。

「この収容所にウチナーンチュは三〇〇人はいるはずだ。なんで、みんな黙っているんだ。ウセーラッテェー、ナランドー（馬鹿にされてはいけないよ）」

酔いが回ると武男の口調はさらに激しくなった。亮太たちのテントにもやってきて意見を述べて拳を振り上げた。しかし、武男の不満の原因は、このような正義感からだけでないことも、多くのウチナーンチュは知っていた。プラナキラに来てからこのような日のために、武男はある企業の経営者に取り入っていた。媚びを売り、おべっかを使い、隠していた食糧などを届けたが、この努力は裏切られる結果になった。企業の経営者は武男ではなく、自らの親族や会社員を引き連れて帰っていったのだ。

「ヤマトンチュ（日本人）は、ユクシムナー（嘘つきだ）。いつの日か必ずタックルサントナランサヤ（懲らしめてやらないといけないぞ）。いいか亮太！」

武男の怒りは、傍らで聞いている亮太へ向かうこともあった。

第一次帰還組が去った後、収容所の機能は一時マヒしたが、すぐに回復した。学校も素人ではあったが若い人々が臨時の教師役を買って出た。台湾人の医師も五名が名乗り出て精力的に収容者の人々の健康の維持管理に尽力した。

第一次帰還組が去ってから、七か月が過ぎた。希望を失い、解放される当てのない日々を過ごすことは辛かった。

そんな中で突然の移動命令が出た。故国か、シンガポールか。人々は色めき立ったが、それはさらにインドの奥地へ移動するというものだった。

大きな落胆が収容所内を襲った。いよいよ帰還できないのではないか。自分たちは日本の国家から見捨てられているのではないか。ここに自分たちがいることをだれも知らないのではないか。さらに奥地へ移動すれば、いよいよ見捨てられてしまうという不安である。

当局から示された場所はデオリという収容所だった。デオリはさらにインド西方の砂漠地帯にある。しかし施設は完備され、今以上の素晴らしい環境を提供できるという。なるほど、プラナキラはにわか作りの収容所でテント生活を余儀なくされている。みんなは多くの不安と微かな希望を抱いて移動の準備を始めた。

一九四三（昭和十八）年三月十三日、先発隊六〇人がデオリへ出発した。続いて三月十五日に六三〇人、十七日はそれを追いかけるように婦女子を含む約七〇〇人が出発した。そして四月十一日には残留していた八〇〇人の大部隊が移動した。バスやトラックに便乗してニザムジンの駅へ向かい、そこから列車でインド最奥部の砂漠地帯デオリへ向かったのである。

亮太も栄太郎も、そして武男も洋子も、八〇〇人の大部隊とともにデオリへ向かった。総勢二一九〇人、プラナキラ収容所での一年三か月の収容所生活を経ての大移動である。

デオリではさらに多くの歳月を過ごし、多くの人々が病や予想外の出来事で命を落とすことになる。もちろん、その中にはウチナーンチュも含まれていた。

第五章

デオリ

1

ニューデリーから西方へ約四〇〇キロ、タール砂漠近くの小さなオアシスの村デオリでの収容所生活は、一九四三（昭和十八）年四月から始まった。

亮太たちがプラナキラ収容所をトラックで出てニザムジンの駅に到着し、列車に乗り換えてデオリに向かったのは四月十一日、午後四時ごろだった。

列車には硬い椅子が据え付けられていた。座り心地はいいものではなかったが、それでも座ることができた。各車両にはインドの番兵が二名ずつ割り当てられていた。立ったままで銃を手に持ち、進行方向を背にしてインタニーたちを睨んでいた。しかし、番兵たちに気を配る者はだれもいなかった。インタニーたちは、一年余もの間、プラナキラから外に出ることはなかったから、周りの景色が新鮮で珍しかったのだ。

亮太たちも同じだった。窓側の席を交互に譲り合いながら、列車が走り出してから、日が暮れ、闇が訪れるまで車窓の風景を眺め続けた。

窓外は見渡す限りの平原だ。雨がないためか草木はほとんどなかった。列車が進むにしたがって、ごつごつした岩肌の連続で川底が剝き出しになった荒れ地が続いた。それが途切れると黄色い砂漠が、遠方まで稜線を造って果てしなく続いた。

時には前方に緑の灌木が密集するオアシスが見えた。列車はその中の駅に到着すると、しばらく停車した。が、一時間ほど経つと再び走り出した。このことを何度か繰り返した。灌木の中を走るときは、線路沿いの樹木に猿の姿も多く見られた。ひょいひょいと枝から枝を渡っている。駅の構内にも猿がいた。

畑地には時々鶴の姿も見えた。シベリアから飛来するのだという。禿鷹も空を舞っていた。そんな姿を見る度に、列車の中から子どものような歓声が上がった。

「猿も鶴も楽しそうだなあ。動物たちが羨ましいよ」

傍らの行雄《ゆきお》がつぶやいた。

「なんで？　なんで羨ましいの？」

向かいの席の勝之《かつゆき》が尋ねる。二人とも太平丸で一緒に働いたシンガポールからの仲間だ。

「あれ、お前、猿も鶴も自由だろう。禿鷹だって好きな空を好きな時間に自由に飛んでいるじゃないか」

「そうか。そうだなあ」

「デオリって、どんな所かなあ」

勝之と行雄が、外の景色に興味を示しながらも不安そうに話している。

勝之の隣の真治は疲れたのか目を閉じて寝ている。仲間の中には、亮太と同じように糸満でヤトイングヮの体験をした者もおれば、宮古池間島や八重山出身の漁師もいる。年齢も出身地も違ったが、同じ故郷沖縄ということで自然に席を同じくすることが多かった。だれもが気安く接することのできる収容所仲間だ。

亮太たちの驚きと不安を乗せながら、列車は走り続けた。やがて窓外の景色は広漠とした砂漠地帯だけになった。そして闇が訪れ、真夜中になった。窓外の景色は闇の中に吸い込まれたが、列車はその中を昼間と同じように走り続けた。駅に着くと時々は停車し、時々は走り抜けた。翌朝、まだ明けやらぬ空の下、田舎町の駅に到着した。すぐに大声で命令された。

「降りろ！　荷物を持って、全員直ちに下車せよ！」

この駅が目的地の駅だった。コタ駅という所で、英国軍の指揮官や、列車の中を駆け回るインド人の警察官らに急かされながら亮太たちは急いで荷物をまとめて下車した。

下車するときに、インド兵からミルクとパン一個が渡された。だれもが途方にくれながら下車し、渡されたミルクを駅前広場で飲み、パンを食べた。

「バスに乗れ！　早くバスに乗れ！」

渡された食事を食べ終わらないうちに、英国の指揮官は大声を出して指図した。食事の済んだ者からバスに押し込められた。それぞれのバスにインドの番兵二人が乗ってバスは出発した。

やがて夜が明けてきた。靄《もや》が払われて新鮮な大気が辺りを覆った。清々しい朝の空気の中をバスは走った。砂漠の中の収容所と聞いていたので酷暑の荒々しい景色を覚悟していたが、思いがけない畑地の景色が続いた。道路も舗装されていた。

バスは、広大な平原の中をしばらく走り続けた。三時間余も走った後に、白いバラックの建物が見えてきた。バスが近づくと鉄条網の中の光景が見えてきた。大勢の人々が声を上げながら駆け寄って来る。見ると先に出発した六十人余の顔見知りのインタニーたちである。ここが目的地デオリ収容所だった。

バスは、門を潜って鉄条網の中に入っていった。収容所には日本人だけでなく外国人の収容者もいた。ドイツ人だという。笑みを浮かべてバスに向かって手を振っていた。

バスから降りて荷物の検査が始まった。各人の荷物は、プラナキラ収容所から持ち込んだ日用品が主であった。布団、毛布、洗面具、バケツ、石油缶、数枚の着替えなどが目の前に広げられた。検査の目的はこれらの日用品を点検することではなく、刃物や現金、そしてノートやメモ用紙などの有無を調べているようであった。現金や貴金属はほとんどの人が所持していなかった。ノートやメモの没収は、収容所内の様子が記録され、何かの際に報告されるのを嫌がっての処置のように思われた。また、刃物は、騒動や犯行の武器に使われることを恐れたものだ。

しかし、インタニーたちにとって、刃物は生活必需品の一つだった。包丁、ナイフ、手製の鑿《のみ》、斧《おの》、のこぎりなどを多くの人々が持ち込んでいた。それらを仲間同士でうまく隠し合い、発覚するのを防いでいた。もちろん、亮太たちも目配せをして合図をしながら、そのようにした。

点検が済むと、あらかじめ決められたバラックごとに配置された。バラックは、プラナキラのように、にわか作りのテントではなかった。コンクリート造りの建物でベランダもあり、窓はガラスで天井も高く、室内も明るかった。建物は、およそ幅五メートル、長さ五十メートルほどもある。一棟の室内に木のベッドが七十ほど並べられていて、ちょうど病院のような感じである。

今回も亮太は、行雄や勝之、栄太郎や真治たちと一緒だった。割り当てられた十七バラックの建物には、太平丸で一緒に操業し、さくら荘で寝食を共にした仲間の顔も多かった。だが、洋子や武男の姿は見えなかった。

亮太は不安になって周りの仲間にさりげなく尋ねてみた。バラックには亮太たちのような独身を集めた独身棟と、他にも家族棟や夫婦棟と名付けられたバラックがあって、そこに二人は割り当てられているはずだということだった。夫婦ではないと言っていた洋子の気持ちを考えると複雑な思いに捉われたが、亮太が干渉することではないと思って、その話題を急いで避けた。

各棟の間には洗面所やシャワー室が備えられていた。ウミンチュの仲間たちはそれぞれのベッドを確保すると、誘い合ってシャワー室に出かけた。亮太もシャワーを浴び、ほこりにまみれた身体を持参した石鹸を用いて洗い流した。それから手荷物の中から下着を取り出して着替えた。

しばらくすると食事の時間になった。先行して到着していた仲間たちが、炊き出してくれた食事だった。久し振りにゆっくりと食事のできることが嬉しかった。

部屋に戻ると、すぐにベッドに横になった。これで長い旅がやっと終わったのだという安堵感と疲労感に襲われてすぐに眠りに陥った。

だが、移動のための長い旅は終えたものの、この日からデオリでの、いつ終わるともしれない長い収容所生活が始まったのである。この日は、その長い日々の初めのたった一日に過ぎなかった。

2

亮太たちがデオリに到着したとき、笑顔を振りまいて手を振っていたドイツ人の収容者たちは、その数日後から、バスに乗せられて一〇〇人ぐらいずつ移動していった。そして四月の末ごろには、全員がいなくなった。

噂では、彼らはこのデオリの暑さに耐えられないとして抗議しストライキをした。この強硬な抗議行動が功を奏して別な地域への移動が許されたのだという。行く先は、ヒマラヤの麓にある避暑地デラドンという街であった。

ドイツ人がいなくなった後に、イタリア人が護送されてきた。イタリア人は、英国人にとってヨーロッパでの敵対国の人々だ。そのために拘束され、東南アジアの各地から護送されてきたようだ。彼らは囚われの身となっても意気消沈することなく、陽気に歌い、笑い合って楽しく過ごしているように思われた。

日本の少年たちは、境界の柵を越えて、賑やかなイタリア人のバラックに遊びに行く者もいた。そんな少年たちを彼らは歓迎してマカロニなどを食べさせた。警備の兵たちはそれを黙認しているようでもあった。またイタリア人の若者も監視の目を盗んで日本人のバラックにやって来て、日本人婦女子と仲良く語り合っている姿を見受けることもあった。数か月後には、彼らもいなくなった。全員がドイツ人と同じようにデラドンの街の収容所へ移って行ったとのことだった。デオリはアジア人だけの収容所になった。

デオリ収容所の司令官は英国軍人だったが、警備員の多くはインド軍兵士やインド人の警察官が当たっていた。もちろん、要所には英国人の下士官も配置されていた。

デオリの夏は、プラナキラよりもいっそう暑かった。ドイツ人が暑さのためにストライキをしてこの地を去ったというのがすぐに理解できた。デオリはプラナキラから南西の位置にあり、海から遠く離れていて典型的な大陸性気候の中にある。オアシスの街といっても砂漠地帯の真っ只中であることを、すぐに思い知らされた。

日中の気温が四十七度を超す日も度々あった。窓は風を通すのではなく、全部締め切って熱風が入らないようにした。一日中部屋の中でじっとしていなければならなかった。いったん外に出ると灼けつくような暑さと熱風に襲われる。特に炊事当番の日は辛かった。炎天下で熱風にさらされ、各バラック単位の七十人余もの食事をつくらなければならなかった。太陽の熱と窯の熱を一日中浴びることになる。滝のような汗をかき、髪の毛からシャツ、ズボン、靴下までびっしょりと濡れた。プラナキラよりも激しいダストストーム（砂嵐）にも度々襲われた。

デオリ収容所からイタリア人が去った後、散発的に日本人の捕虜たちが数名、あるいは十数名と送られてきた。例えばそれは英本国からであったり、アフリカの英国領からであったりした。

ビルマ戦線で日本軍から取り残されたという二十数名もの若い女性の一団もやって来た。彼女たちはバラックではなく、テントを張って収容されたが、日本軍に「慰安婦」にされた朝鮮人女性たちであろうと噂された。このような人々のデオリへの合流は、東南アジアの国々ではいまだ激しい戦闘が続いていることを想像させたが、だれもが日本の勝利を信じていた。

デオリでの収容者の管理は、わりと緩やかであった。それは収容者の代表が、当局と掛け合って勝ち取ったものも多かった。例えば収容所内にデオリ国民学校ができた。共同売店が、散髪屋もできた。自ら畑を耕し野菜を育てることもできた。

各棟を束ねたブロックを「翼」と呼び、各翼ごとの交流やバラックへの出入りは厳しく禁止されていたが、徐々に緩やかになり、ベランダや中庭での歓談も許される特別な日も設けられた。

収容者たちの決められた労働は、収容所内の建造物内外の清掃や整備、また収容所外にある英国士官の住宅の庭の手入れ、畑の耕作などが主な仕事だった。それ以外は収容所の翼長などがリーダーとなって自主的な運営規則を設け、適宜なレクレーションや当番制などを取り決めながら日々を過ごしていた。だれもがプラナキラの体験を貴重な体験として引き継ぎ、活用していた。

収容者にとって最も大きな喜びは、収容所外の散歩が許されたことである。プラナキラでは固く禁じられていたことだ。デオリは辺境の地であるがゆえに逃亡することもないと考えたのかもしれない。逃亡しても砂漠で野垂れ死にするだけだと考えたのかもしれない。実際、逃亡を企てる者は一人もいなかった。

もちろん収容所外の散歩には詳細な規則があった。また限られた人数だけで輪番制で許可されるものであったが、それでもみんなはその散歩を楽しんだ。気の合う仲間たちと一緒に外の空気を思い切り吸い込んだ。

収容所外には、ウサギがおり、リスがいた。それを捕獲して料理をして食べるのも楽しみの一つであった。またそれらを収容所内で飼育する者もいた。

収容所とインド人村との間には大きな池もあり鯉や雷魚が泳いでいた。それを捕って持ち帰り、干し魚にしてバラックの皆でおかずにして食べた。また、池のほとりで新鮮な刺身にして車座になって食べることも楽しかった。

亮太は、別翼に住んでいるという洋子や武男のことは、いつも気になった。気になっていたが頻繁に訪ねるわけにもいかなかった。洋子のことが気になると、何度か夫婦棟の前を行き来した。しかし、洋子や武男の姿は見られなかった。

洋子に会えない寂しさを紛らわすように収容所内で出会った新しい友人たちとリスやウサギを狩猟することに夢中になった。同じ棟で寝食を共にしている本土出身の渡辺や田中などは歳が近いせいか、気が合いよく遠出をした。彼らはみんなシンガポールで働いていた若い商社マンや漁業関係者だった。彼らは行雄や勝之たちとも気が合って、一緒に手に入れた焼酎や泡盛を飲んだ。

　デオリ収容所の周りには、インド人の小さな村が幾つかあった。村は許可された散策の範囲内であった。仲間たちと連れ立って、おしゃべりをしながら、村を散策するのも楽しかった。インド人の家屋からは、時々幼い子どもたちが路上に飛び出してきた。そんな少年や少女たちとの身振り手振りでの交流も楽しかった。どの子も明るく人懐っこかった。泥壁に、丸い手形のついた牛糞がべたべたと貼り付けられているのを見て、どのような理由からかと尋ねたことがある。子どもたちは竈の燃料だと身振り手振りで教えてくれた。なるほど、とみんなでうなずき合った。

　収容所内では五月に鯉のぼりが上がり、学校では三月に学芸会なども開催された。各翼の花壇のコンクールがあり、相撲大会があった。

　楽しい日々と同時に悲しい日々も数多くあった。収容所内での死亡者が、だれの目にもつくほどに増えてきたのである。乳幼児や女子どもの死が多かった。デオリはオアシスの村にある収容所とはいえ、周りは砂漠に囲まれた酷暑の地である。そのうえ栄養状態も悪かった。プラナキラの一年余の収容所生活でも死者は一〇〇人余に達したが、デオリに移動した年だけでも三十三名の死者を出した。翌年には二十九名が犠牲になった。

　死者たちを葬りながらも歳月は重ねられ収容所生活は続いていった。一年目が終わり、二年目を迎える。二年目が終わり三年目を迎える。何度季節を繰り返せばいいのだろう。「戦争が終われば故郷へ帰れる」「戦争が終われば家族の元へ帰れる」。みんなは自らの希望を語り、自らを鼓舞した。けれどその戦争がいつ終わるのか。いつまで抑留生活が続くのか。デオリ収容所の二〇〇〇人余の抑留者たちはだれも知らなかった。

3

デオリに収容されて半年ほど経った八月のころだった。第二次帰還組の発表があると告げられた。噂が現実になったのだ。プラナキラの帰還組が去ってからほぼ一年が経っていた。今回も捕虜との交換帰国で八〇〇人から九〇〇人ほどが帰還できるという。デオリの司令官からの直接の発表である。みんなは半信半疑であったが信じたいと思った。同時にプラナキラでの第一次帰還組選考での苦い記憶が蘇って来た。先を争って帰還したいがゆえに暴力事件にまで発展したのだ。

今回も司令官の言葉を聞いて、収容者の多くは不安と希望に駆《か》られた。自分は選ばれるのだろうか。どのように選考されるのだろうか。今回は、前回の反省を踏まえての選考になり、女子どもと老人が優先になるのではないか。そうすると若者たちは選考から外れることになるのではないか。病人は長旅になるので残されるのではないか。等々様々な憶測が飛び交い、喜びや期待よりも徐々に不安の方が大きく膨らんでいった。

八月八日に第二次帰還者名簿が発表された。選考基準は公にされなかったが、司令部から貰ってきた名簿を各翼長が各バラックの班長に発表した。拘束された地域ごとの発表順で、ビルマ、インド、シンガポール、マレーシアと続いた。若者も交じっていた。渡辺や田中の名前は発表されたが、亮太や行雄、勝之の名前は発表されなかった。喜ぶ者と落胆する者、そして各バラックにまたもや不穏な空気が流れ始めた。

しかし、名簿は発表されたものの、いつ帰還できるかは発表されなかった。一週間待った。二週間待った。翼長たちが、業を煮やして何度も司令部に押しかけて問い合わせた。

「近いうちにと聞いている」

「まだ当局より連絡がない」

何度問い合わせても同じ返事が返ってきた。ひと月が過ぎた。

「戦況がはかばかしくないので、安全の面で考慮が必要らしい」

ふた月が過ぎた。やがて次のような公式とも非公式とも分からないような報告が各翼長の元に届いた。

「戦況拡大のため、交換帰国は、いったん延期される」

司令官のこの報告については、もうだれも疑わなかった。そしてもうだれも問い合わせることをしなかった。日数が重ねられていく中で、帰還の噂は収容所の中から消えていった。

四度目の外出が許された日、亮太は行雄、勝之、真治と一緒に村外れの池に出向いて鯉を釣る計画をした。彼らはみんなウミンチュである。釣り糸や釣り針に代用する材料を探して巧みに仕掛けを作った。バラックの仲間の渡辺と田中がこのことを聞きつけて同行したいと言った。もちろん、断る者はだれもいなかった。

その日、収容所で朝食を済ませた後、六人はすぐに外出した。渡辺と田中は醤油と小刀を隠し持っていた。釣り上げた鯉を刺身にして食べるためだ。所外に出てポケットから渡辺がそれらを取り出して見せたとき、みんなは歓声を上げて笑った。

池に着くと、鯉が食いつきそうなポイントを見つけてそれぞれが移動を始めた。亮太は田中を従えて、池の傍らに繋った大木の木陰から釣り糸を垂れた。すぐに大きな鯉が食いついた。鯉は、次々と面白いように釣れた。

亮太は、羨ましそうに見ている田中の視線に気付き、釣り竿を田中に渡した。田中は四苦八苦しながらも亮太から教わったとおりに餌を付け、釣り針を投げた。何度も餌だけが奪われて釣り針だけが水面に上がって来た。

苦笑しながらも諦めずに何度か繰り返した後、やっと田中の釣り針に鯉が掛かった。田中は歓声を上げて得意げに釣り上げた鯉を持ち上げた。その後は、一心不乱に水面を食い入るように見つめて何度か鯉を釣り上げた。

亮太は安心して、田中を一人置いて周辺を散策しようと思い、振り返った。すると驚いた。背後に娘の手を引いたインド人が立っていたのである。

会釈をして、娘の父親と思われるその男を見た。奇跡が起こった。

「まさか……」

亮太は茫然と立ち竦み男を見つめていた。

「ヴァー（わあっ！）……」

男も声を上げた。二人は一歩ずつ、にじり寄った。数歩前で、男が頭に巻いたターバンを取った。

「亮太か……」

「亮一兄さん……」

二人は駆け寄って抱き合った。言葉は途切れたが、涙は留まることなく溢れ続けた。

何だか訳が分からなかった。傍らで父親を見上げている娘も呆然としていた。この場面に遭遇した田中も訳が分からなかった。抱き合っている二人にも信じられなかった。死んだと思っていた兄亮一が現れ、沖縄にいると思っていた弟亮太が現れたのである。

二人の目前で、突然不思議な物語が展開されたのだ。夢ならば覚めないでくれ。そう思い、二人は互いの腕や肩を捕まえて強く揺すった。何度も見つめ合っては、また抱き合った。

夢ではなかった。亮太と亮一兄弟は思いも寄らぬインドの奥地デオリの地で、十五年余ぶりに再会したのである。

4

デオリの風が、優しい思い出を運んで来たのだ。灼熱の太陽が、希望の輝きのようにも思われた。亮太は汗を拭きながら、込み上げてくる涙を何度も拭った。亮一との巡り合いは、不思議な物語でもなく夢でもなかった。確かな現実だった。亮太にとって兄との再会は、大きな驚きだった。また、同時に大きな喜びになった。

亮一は、インド兵士として第一翼第二バラックの番兵として働いているという。亮太は第四翼第十七バラックに住んでいる。バラックごとの住人の交流は基本的には禁じられていたので、なかなか会う機会もなかったのだ。

あの日、一緒に鯉を釣りに行った仲間たちも、唖然として亮一と亮太の姿を眺めていた。だれにも信じられないことだった。当人たちにさえ信じられなかったのだから。

その日、亮一は、娘の手を引いて昼食のおかずにする鯉を釣りに来たとのことだった。亮太は、小さな釣竿を持った亮一の姿を見て、ヤンバルで海を相手に、いつも笑顔を浮かべて躍動する兄の姿を思い出した。この池では、さぞ物足りないだろう。そんな感慨を楽しみながら亮太は釣り上げた鯉を亮一の手土産に差し出した。

亮一からは、日を改めて自宅へ招待された。住宅は、デオリ収容所に勤めるインド兵士や警察官のために建てられた官舎の一つだった。妻はムメノ、娘はヒサコだと紹介された。ムメノはインド人だった。カルカッタで知り合ったという。笑みを絶やさない穏やかな表情を浮かべて、亮太のために用意してくれた食事を目の前に並べてくれた。話は尽きなかった。

亮一と別れたのは、亮太が十二歳のころである。糸満売りされたのが十五歳、シンガポールにやって来たのは二十歳、戦争が始まって逮捕され収容されたのはそれから四年後、以来チャンギー刑務所などを経て、プラナキラ収容所、そしてデオリ収容所と、もう四年余りの抑留生活が続いている。もうすぐ二十八歳になる。とすると亮一との再会は、正確には十六年ぶりか……。

亮太は、歳を数えることを忘れていた自分に気づいた。そして改めて亮一と出会った奇跡に感謝した。そして亮一を見つけた自分の眼力を誇りに思った。話せば話すほど、亮一の表情や仕種に、昔の兄亮一の仕種を見つけて胸が詰まった。

「十六年間か、いろいろあったんだなあ」

亮一が、亮太のこれまでの経緯を聞いて、感慨深そうに話す。

「そうだよ兄さん、いろいろあったんだよ。なかでも母さんが病に倒れたときは、正直困ったよ。姉さんは弱音を吐かずに働いてくれたけれど……、そんな姉さんの姿を見るのは辛かった。嫁にもいかず、母さんだけでなく、ぼくや幼い弟、妹の面倒を、よく見てくれた」

「うん……」

「父さんの遺体は古宇利島に流れ着いたんだよ」

「そうか……」

「兄さんは、どうしたんだろうって、みんな、随分心配した。必死で探したんだ。母さんは父さんの死を目前にしても、兄さんの死は信じなかった。必ず帰って来るって。今でも待っているかもしれない」

「うん……」

亮一は、母さんの病のことを聞いて目頭を抑え頭を下げていた。亮子がフィリピンの市場で働いているという亮太の話に驚いて頭を上げた。目は真っ赤になって潤んでいる。

「みんなに随分苦労をかけたな。本当に済まなかった」

亮一が再び頭を下げる。

「今度は、兄さんの番だよ」

「うん……、そうだな」

亮一は、そう言って、膝に抱いたヒサコの頭を慈しむように撫でてゆっくりと話し出した。なぜインド兵になって、デオリの地にいるのか。亮太はうなずきながら、身を乗り出して聞いた。亮一の話は、今回の出会いと同じぐらいに信じ難いものだった。おおよそ次のようなことだった。

「俺は一人で漂流したんだ。ヤンバルの海から流されたんだ。あの日は台風も接近していたから、波はだんだんと高くなっていた。漂流しているところを、イギリスの商船に拾われた。拾われた海はどこだったかよくは分からない。たぶん、四国沖ではなかったかと思う。何日も漂流していたからな。ここと反対側だ。イギリス商船の目的地は、インドだということだった。途中、イギリス領の島々、国々へ立ち寄ったが、インドまで連れて行って欲しいと頼んだ。彼らは面食らっていたが、俺もウミンチュだ。船員の甲板での仕事を手伝った。すると感謝されて、やっと俺の願いを聞き入れてくれた。カルカッタに着くと船長の計らいで、イギリス軍が宿泊する官舎の清掃などの仕事をさせてもらった。しばらくしてインドの警察官に志願して採用になった。その後、要望されてインド軍へ配属された。インドでは日本との開戦があり、兵士はいくらでも必要だった。それに俺は日本語が話せるので重宝された。カルカッタの街で妻のムメノとも出会った。結婚してヒサコも生まれた。なにもかも順調だった。カルカッタは世界有数の貿易港で日本人やウチナーンチュも多くやって来た。ウチナーンチュとは会いたくなかった。それでカルカッタから遠く離れたデオリ収容所の警備へ志願してそれが認められた。今では、長いインドでの生活で顔も日に焼けて、インド人そっくりの顔になった。まさか、デオリの収容所に、日本人やウチナーンチュがやって来るとはゆめゆめ思わなかった……」

「どうして、ウチナーンチュと会うのを避けたの？　カルカッタの方が賑やかだし、住みやすいんじゃなかったの？」

亮太は思わず尋ねていた。亮一は真顔なままで、大きな茶碗に注がれた茶を音たてて飲んだ。それから顔を上げ、目をムメノに向けた。そして膝の上に抱いたヒサコをムメノに預けた。ヒサコは五歳になるという。またムメノのお腹には二人目の子どもが宿っているという。

ムメノはヒサコの手を引くと別室に姿を消した。二人の間で相談がなされていたのかもしれない。亮一は、再び茶を啜ると、身を乗り出すようにして話し始めた。

「俺が……、父さんを殺したんだよ」

「えっ？」

亮太は、驚いて言葉を飲み込んだ。

「俺は、あの日、サバニの上で父さんと言い争った。お前も知っていると思うが、父さんは俺と久子の結婚に反対していた。久子はナンブチャー（ハンセン病）の家系だからと口汚く罵っていた。それだけならまだよかった。あの日、俺は久子が縫ってくれた藍色のウミンチュ用のズボンを履いてサバニに乗った。そのことに気付いた父さんは、病気がうつる、ズボンを脱げと、強引に脱がそうとしたんだ。俺は拒絶した。激しくもみ合っているうちに父さんは海へ落ちた。俺は父さんを残してサバニを漕ぎ、その場を立ち去ったんだ」

「……」

「しばらくして、正気に戻った俺は、現場に戻った。泳ぎの達者な父さんだ。きっと波に乗って俺の戻って来るのを待っている。そう思った。ところが、父さんの姿はどこにもなかった……。サメだ。サメが、うようよと辺《あた》りを泳ぎ回っていた。そして、海面に父さんの破れた上着が浮かび上がってきた。しまった。大変なことになったと思った。俺は殺人者だ。どうしよう。頭を抱え躊躇している間に、サバニは流された。そして台風にさらわれたんだ……」

「兄さん……」

亮一は泣いていた。亮太は、初めて兄の泣き顔を見たと思った。あんなにも男気に溢れていて強かった兄が、今、顔をくしゃくしゃにして泣いていた。

「家に帰りたかった。母さんに謝りたかった。が､帰れなかった……。帰ってはいけないのだ」

亮一は、そう言って涙を拭いながら顔を俯せた。亮太も涙を拭った。

「兄さん……、父さんを殺したことにはならないよ。父さんを殺したのはサメだ。一緒に家に帰ろう。ヤンバルに帰ろう。母さんが待っているよ」

「……」

「いつになるか分からないけれど、ムメノさんもヒサコちゃんも連れて一緒にヤンバルに帰ろう。なあ、兄さん、もう十分償ったよ……。兄さん、生きていてくれたんだし……、みんな喜ぶよ。きっとバンザイするよ」

亮一は、亮太の誘いに返事をせずに立ち上がった。それから奥の部屋に行くと、風呂敷に包んだ衣服を持ってきて亮太の前で広げた。藍色の漁師服のズボンだ。

「これが久子が縫ってくれたズボンだ。久子は、元気だろうか……」

亮太にもそれは分からない。でも兄がまだこのズボンを大切にしていることや、久子への思いを色あせずに胸にしまっていることにいたたまれなくなった。娘にヒサコと名前を付けたことにも、兄の様々な思いが託されているのだろう。

「ムメノとヒサコは俺の大切な宝物なんだ。守らなければいけない……。これが、俺の今の家族だ」

兄はそう言って亮太を見つめた。そして涙を拭い、大きな声で隣の部屋に向かって、妻と娘の名前を呼んだ。

5

一九四五（昭和二十）年の春が来た。デオリの村にも、デオリの収容所にも春を告げる草花が咲き競った。草花だけでない。デオリで迎える四度目の春だが、小鳥やウサギなどの小動物さえ春の到来を喜んでいるかのように思われた。

亮一と亮太が出会い、互いのことを思いやって過ごす日々が夢のように重ねられていた。亮一は、仕事が終わって帰宅の際は亮太の住む第四翼十七バラックを覗きに来ることが多かった。時には朝の出勤時の時間に手土産を持って現れることもあった。嬉しいことだった。バラックの多くの人々がこの奇遇を知り、祝福の声を掛けてくれた。

亮太はこの幸せな気分を洋子にも伝えたかった。洋子の住んでいるバラックを亮一に調べてもらった。洋子は、姉亮子のフィリピンでの友人だと伝えた。亮一は苦笑を浮かべたが、教えてくれた。

「お前が言う夫婦棟ではないよ。伊佐川洋子は、兄の名嘉真武男と一緒に家族棟に住んでいる」

「えっ？」

亮太は驚いた。てっきり夫婦棟に住んでいるものだと思っていた。だから見つからなかったのだ。洋子は夫婦ではないと言っていたが、いつから兄妹と名乗っているのだろうか。亮太はなんだか複雑な思いだった。しかし、洋子に兄亮一を紹介したい思いはさらに増した。

家族棟の出入り口で、洋子を待ち伏せた。他のバラックへ勝手に出入りすることは禁じられていたからだ。一日待ち伏せたが、洋子は現れなかった。武男の姿を見つけて反射的に身を隠した。

翌日の午後に洋子の姿を見つけた。すぐに歩み寄って声を掛けた。洋子も亮太を見つけると笑みを浮かべた。なんだか、ほっとした。嬉しかった。

洋子は少し痩せたように思われた。亮太の問いかけに笑みを浮かべてうなずいた。

「そうなのよ、少し体調を崩して二、三日、ベッドに横になっていたの」

「そうか……」

亮太は少し心配になった。糸満では寝込むことなどほとんどなかったからだ。明るい笑顔でいつも元気よく働いていた。あれからもう十年余も経つのだ。亮太も洋子ももう十代ではない。

バラックを離れて、花壇の脇に聳える大木の木陰にベンチを見つけて腰かけた。

洋子は、亮太の問いに笑みを浮かべて答えてくれるものの、少し疲れているようだった。亮太は、洋子を元気づけようと思い、兄と出会った奇跡を、思いきって話し始めた。このことが目的だったのだ。

洋子は、頬に両手を当てて驚き、目を輝かせた。亮太の顔を見つめ身を乗り出すように聞き入った。

亮太が話し終えると感心したように頬を少し赤らめて言った。

「おめでとう、亮太。良かったね」

「うん、有難う、本当に良かったよ」

「兄さんがいるっていうこと、私に話してくれていたかな？」

「ううん、どうだったかな、忘れてしまった」

「あのころは、お互いに自分のことに精一杯だったからね。でも、きっと亮太は話してくれたと思う。兄さんは死んでいるかもしれないって、話してくれたような気がする。亮太は、家族思いで、そしてなんでも私に話してくれたから……」

「ひょっとして、話したかもしれないね」

「私、思い出したよ。浜に陸上げされたサバニの横で夕日を見ながら話してくれたよ。兄さんは夕日を見るのが大好きだった、その兄さんが行方不明だって」

そうだった。亮太も思い出した。夕暮れ時の短い時間であったが、サバニの横に腰を下ろし、二人で楽しく話し合った日を……。

亮太は笑みを浮かべて二人が過ごした糸満での五年の歳月を思いやった。

洋子が急に黙って亮太から視線を逸らした。亮太はその横顔を見ながら洋子に話す。

「洋子を、兄さんに紹介したいんだ」

「ええっ？」

「兄さんには話している。亮子姉さんの友人で、そしてぼくの糸満売りの仲間だと。兄さんは喜んでくれた。お礼を言いたい。家に招待する。妻にも娘にも会ってもらうって」

「駄目よ、それは……。会ってはいけないよ」

「どうして？　どうして駄目なんだよ」

亮太は驚いて問いかける。洋子は、亮太の言葉を反芻して立ち上がる。

「どうして？　どうして駄目なのって訊くの？　どうして、その理由が分からないの？」

「急に、どうしたんだよ、洋子……」

洋子は怒ったような表情を浮かべて立ち上がり、両手でスカートの裾《すそ》をはたいた。

「どうかしていたんだわ、私は……。病気になって気弱になっていたのかもね」

亮太は、訳が分からなかった。あの時も、訳が分からなかった。なぜ武男と結婚すると言ったのか。今も訳が分からない。雄次が言った言葉を思い出した。

「雄次が、後悔するなって」

「私、後悔なんかしていないよ」

「いや、ぼくに言ったんだ」

洋子は、一瞬立ち止まって亮太を見つめた。それから、目を閉じ、目を開け、苦笑を浮かべて立ち去った。

「洋子……」

洋子は、亮太の呼びかけに、決して後ろを振り返らなかった。すぐにバラックの中へ姿を消した。

亮太には理解できなかった。洋子の言動の意味を解せなかった。

なぜ、会ってはいけないのか。会っていけないのは、兄や兄の家族のことなのか。あるいはぼくのことなのか。分からない。

夜が来る。ベッドに仰向けになる。月の光がぼんやりと届く。天井を見つめる。新たな疑問が湧く。武男との関係はどうなっているのだろう。なぜ、夫婦棟ではないのか。なぜ兄妹と偽って家族棟にいるのか……。何も聞いてはいなかった。何も答えが見つからないままに時間が過ぎていく。どうすればいいのだろう。

朝の点呼はバラックごとに行われる。その点呼の度に、洋子の住むバラックのことを思い出した。思い出すと胸が苦しくなる。大声を上げそうになる。必死に耐えた。デオリは、亮太にとって息苦しい歳月を数える場所になった。

そんな亮太の個人的な事情をも飲み込んで、収容所は不穏な空気に包まれ始めていた。一九四五年の夏を迎えていた。

6

日本は、一九四五年八月十五日に連合軍に降伏した。敗戦という結果で戦争が終わったのだ。その情報は司令官から翼長会議で伝えられた。瞬く間にデオリ収容所のすべての日本人収容者に伝わった。

しかし、収容者の反応は一律ではなかった。日本が負けるはずがないと敗戦を信じない者、やはり敗れたか、とその結果を半ば予測していて冷静に受け取る者、また、敗戦の情報はデマに違いない、今に日本軍がこのデオリまでやって来て、我々を解放してくれるはずだ、と息巻く者など、様々な反応が収容所内に現れた。

それぞれのバラックで朝早くから、夜遅くまで「勝っている」「いや負けたのだ」と激論が交わされた。やがて、日本が勝ったと主張する者は「勝ち組」、負けたのだと敗戦を認める者は「負け組」と呼ばれて色分けされていった。そして主張の対立は感情的な対立をも生み出し、毎日の生活にまで影響を与えるようになった。

日本の敗戦については、日本から遠く離れたデオリでは、詳しい情報を得るのは困難だった。勝ち組も負け組も、半信半疑のままに月日が重ねられた。それでも収容者たちは、必死になって情報を収集した。イギリス軍の司令官や上官などが読む英字新聞を手に入れて拾い読んだ。またイギリス軍兵士やインド軍兵士などが漏らす断片的な情報を得て繋ぎ合わせた。しかし、情報は様々に歪曲され、真実が見えなくなった。翼長会などで伝達される司令官の言葉も、素直に信じる者は少なくなっていた。

例えば、八月十五日に流れた天皇陛下の玉音放送は連合国側が流した偽物であると。例えば、日本と連合国側に講和条約が結ばれたが、それは日本の勝利を背景に結ばれた条約であると……。

亮太にも何が真実か、何が偽物かを見分けることが困難になった。沖縄は玉砕でなく、県民の献身的な努力で大勝利を得た、と言われればそれを信じたくなった。デオリ収容所の人心や団結力は乱れ、だれもが疑心暗鬼に囚われた。「戦争が終われば日本へ帰れる」という思いは、「日本が負けた」という事実の前には喜びにならなかった。みんなが肩を落とした。

そのころ、ボンベイ在のスゥエーデン総領事のもとに、英国外務省より次のような報告が届いていた。「デオリ収容所の日本人インタニーの相当数の者が日本の敗戦を信じていない。収容所内で不穏な動きがある。第三国の総領事として力を貸して欲しい」と。

総領事はすぐに対処した。インタニーたちに正しい情報を伝えて納得させなければならない。そのためにインド政府と協議して、日本政府に高官を派遣するよう要請した。日本の高官が直接インタニーに敗戦の結果を知らせることが一番よい方法だと考えたのである。その人物に前ロンドン大使沢田廉三とビルマ派遣軍総司令官磯田三郎が選ばれた。しかし、二人の訪問は結果としてさらに状況を悪化させるものになった。

二人の訪問前から、デオリでは様々な憶測が流れていた。例えば二人とも人質となって来るのだから本当のことは言えるはずがない。言葉ではなく態度や仕種や表情から真実を読み取るべきではないか。そう言いだす者が多数でてきた。それでは何をもって日本軍の勝敗を判断するか。そのような疑問と不安が増大したのである。

そんな中、二人は一九四五年十二月二日、デオリを訪問した。そして翼長を前に次のように発言した。

「戦争は終わっています。進駐軍が日本に上陸しています。終戦は陛下のご裁断によるものです」

「現在日本は食糧難で、一升の米が五十円もしています。みなさんは早く帰ることなど考えずに、しばらくここで抑留生活を送ってください。このことが同胞のためになるのです」

しかし、この発言は多くのインタニーたちを傷つけた。家族や故郷から遠く離れて四年余の抑留生活を送っている。この現状を顧みずに、さらにこの地に留まれという。インタニーたちの心を逆撫でするものだった。

インタニー全員が集められ、第二翼裏のグランドで行われた二人の演説も、このような言葉が続けられた。そしてさらに悲劇的な言葉が重ねられた。

「日本は広島や長崎に落ちた原子爆弾のために、完全に連合国軍に無条件降伏したのです」と……。

それを聞いたインタニーたちからは、すすり泣く声が聞こえてきた。嗚咽が漏れた。だれもかれもが頭を垂れて下を向いた。

ところがそうでない者もいた。壇上で終戦の詔勅が読み上げられると、多くのインタニーたちがざわめき始めた。詔勅なら両手で捧げ持って敬意を表すのが常識ではないか。なぜ両手で持たないのか。小さなざわめきは、徐々に大きな騒ぎになった。突然、大きな怒声が起こった。

「あの二人は、偽者だ！」

「日本が負けるわけがない！」

「あの男は、カルカッタで見たことがある。写真屋の親父だよ！」

「俺はシンガポールで見た。日本銀行の融資係だよ！」

これらの言葉が引き金になって、多くの罵声があちらこちらから沸き起こった。その声は砂嵐のようにあっという間にグランドいっぱいに巻き起こった。インタニーの中からは、前に進み出て二人に詰め寄り、大声で発言の真偽を確かめる者まで出てきた。収拾がつかなくなり、二人は英国軍の士官などに警備されて逃げるように立ち去った。

二人の来訪は、インタニーたちにかえって不信と不安を掻き立てた。今回の件は、インタニーたちを従順にさせるために司令官がでっち上げた懐柔策だという者までいた。日本の無条件降伏は、むしろ信じられなくなったという人々が増大した。そして、「勝ち組」と「負け組」の対立は一層激しくなり、「勝ち組」の高圧的な姿勢が収容所内で目立つようになってきた。

一九四六（昭和二十一）年が明けると、感情的な衝突が頻繁に起こるようになった。廊下やグランドで、負け組を激しく罵倒する勝ち組の姿が目に付くようになる。負け組を個々に呼び出し、脅迫や暴行を加えているという噂も飛び交った。各バラックの壁には、勝ち組の檄文が貼られはじめた。

亮太が暮らす第四翼第十七バラックの雰囲気にも変化が現れた。インド兵を兄に持つ亮太は珍しがられ、何かと重宝されたが、今度は兄と通じてスパイ行為をしているのではないかと疑われた。兄の亮一は不穏な空気を察知して亮太の元へ訪ねることを控えるようになった。

第二翼第六バラックの高橋二郎さんは収容所内の図書室で、英字新聞を読み、日本を取り巻く状況などについて分かりやすく説明をし、解説を加えていた。その高橋さんが襲われて重傷を負った。英語を話せるがゆえにスパイとみなされたのだ。高橋さんは、それでも英字新聞で得た情報を、図書室や談話室に集まったインタニーたちに説明することを止めなかった。日本が負けたという情報だ。

亮太も、高橋さんの話を聞きに行くインタニーの一人だった。亮太のバラックからは、他に栄太郎や勝之、そして田中が、よく一緒に図書室を訪《たず》ねた。亮太たちのグループは負け組と烙印されていた。同じバラック内の渡辺や行雄たちは勝ち組だった。一緒に収容所の外の散歩に出かけた友人の仲も二分された。

亮太の仲間たちは、亮太が勝ち組からのリンチに遭うのではないかと恐れていた。兄亮一のこともあり、高橋さんとの交流もあったからだ。示し合わせて亮太の傍らにだれかがついた。そして、仲間の予想は的中した。図書室での高橋さんの情報を聞いた後、亮太は勝之と一緒に第四翼のバラックに帰る途中、背後から襲われた。

「打ちのめせ！　こいつらは、売国奴だ！」

「根性がない！　ウジ虫奴め！　精神が腐っている」

「タックルセー（やっつけろ）」

襲い掛かった男は五、六名だった。いきなり後ろから羽交い絞めにされて一方的に殴られた。拳で顔を殴られ腕を捻じ曲げられた。脚で脇腹を思い切り蹴られ、激痛に耐えられずに前につんのめった。男たちは馬乗りになり顔を殴った。さらに腹や胸に足蹴りを加え、捨て台詞を吐いて引き上げていった。

亮太と勝之は大きな息を吐きながら痛みを堪《こら》えた。亮太の瞼が切れて血が流れた。シャツは腹部が赤く染まった。

勝之は口の中に溜まった血を吐いた。前歯が二本欠けて苦痛に顔をゆがめた。それから悔しそうに、再び手のひらで口に溜まった血を拭った。半身を起こし這うようにして亮太の所へにじり寄って来た。

「大丈夫か、亮太」

「うん、大丈夫だ……。お前を巻き込んでしまった。すまないなあ」

「謝ることないさ。それよりも……」

ぺっ！と、勝之は三度目の血を吐いた。

「仕返しをしてやる。亮太は見たか」

「何を？」

「襲ってきたあいつらの顔をさ」

「いや、見ていない……。覆面をしていたからな」

「タックルセー！　って、ウチナーグチが聞こえただろう」

「そう言えば……」

「武男だよ、武男。武男が殴りかかってきた」

「ええっ」

「顔を隠していたが、間違いないよ」

そうかもしれない、と亮太は思った。武男の噂は聞いていた。各バラックを訪ねてはウチナーンチュを捕まえて、勝ち組に加担するように呼びかけていると……。

「しっかりしろよ、亮太。武男はお前に執拗に殴りかかっていたんだぞ。何か恨みでも買っているのか」

「いや……」

洋子のことが頭をかすめた。しかし、武男の恨みを買うことは何もしていない。

「そうか、それならいいけど、しつこく殴っていたからなあ」

「とりあえず病院だ、怪我の手当てをしてもらおう」

「うん、最近は負け組が襲撃されることが多いから、医者も起きているだろう」

「起きていなけりゃ、叩き起こすさ」

「そうだな」

二人は初めて笑みを浮かべて、互いの手を取るようにして立ち上がった。

二人が襲撃されたことはすぐに第四翼内に広がった。そして亮太たちのバラックでは、この事件を契機に、日本が負けて戦争が終わったことを口にする者は少なくなった。

バラックごとに勝ち組、負け組と徐々に色分けされていたが、明らかに勝ち組を支援するバラックの数が多くなっていた。そして、ついに二月十九日の深夜、負け組の幹部が襲われ十六名の負傷者が出る事件が起きた。

デオリ収容所の司令官クライスター中佐は事態の重大さを把握していた。翌二十日には襲撃に加わった加害者のリストを作成し、各翼長に示して早急に加害者を引き渡すようにと命じた。しかし、リストに不備があるとして、それを拒否する翼長も出た。また該当者の多くが命令に応じようとしなかった。

収容所内に一気に緊張が高まった。司令官は収容所の警備員だけでは秩序を維持できないと判断し、近隣から軍隊を召集し不測の事態に備えた。

二月二十五日の午後、副司令官コンベトリー少佐が日本人暴徒に襲われた。薪で滅多打ちにされて額から血を流した。まさに不測の事態が起こったのである。

7

デオリ収容所の司令本部においては、この事件を契機に一層緊迫した状況であることが確認された。そして、審議の結果、再度暴行を加えた容疑者七十名を翼外へ排除し、他のインターたちとの接触を避けて監禁することが最善の策だと判断された。もう一刻の猶予も許されなかった。

二月二十六日、司令官クライスター中佐の命を受けたウォーカー少佐は、容疑者の引き渡しを求めて、まず一翼に出向いて再度呼び掛けを行った。数名の警官と兵士がウォーカー少佐に随行して一翼に入った。

ウォーカー少佐は、なぜ自分がここへ来たかを説明し、翼長や日本人首謀者と話し合おうとした。しかし、首謀者たちはそれを聞こうとしなかった。棒や武器を持って少佐を威嚇し、軍隊を一翼の柵内に入れたことに抗議し、頑固に退去を要求した。

インタニーのだれかが警鐘を鳴らした。すると女を交えた多くの人々がバラックから飛び出して来た。それぞれが、先の尖った棒やナイフを手にして、ウォーカー少佐たちを取り囲んだ。

「殴れ！」

「やっちまえ！」

興奮したインタニーたちの叫び声が方々から聞こえた。一人のインタニーが英国士官に飛びかかり肩章を剥ぎ取った。身の危険を感じたウォーカー少佐らは、話し合うことを断念し、後ずさって退却した。実際ウォーカー少佐も胸倉を捕まえられ罵倒された。

クライスター司令官は、この報告を聞いて「発砲やむなし」と判断した。そうしなければ、暴徒と化したインタニーたちの騒動は収まらないだろう。そして、この判断を下した当局の決断を伝えるために、再度一縷の望みを託して、ククリ地方官を説得に向かわせた。

ククリ地方官は、自分が何者であるかをインタニーに説明し、続いて次のように述べた。

「平和にことを進めたい。そのために司令部が提出しているリストどおり、七十名を引き渡してもらいたい。これが最後通告だ。このことを聞き入れなければ我々は即時この事件の解決を軍に一任する」と。

しかし、冷静さを失い暴徒と化した一翼のインタニーたちは、この申し入れを拒否した。ククリ地方官や随行した警察官にまで投石を開始した。

一翼内の異様な空気は、翼内の各バラックだけでなく、柵を飛び越えてすべての翼に伝わった。第四翼の亮太や勝之たちも不安になって顔を見合わせた。すぐに立ち上がって広場を駆け抜け一翼の表門を潜った。

「兵隊が第一翼にやって来る。早く武器になるものを持ち、集合せよ！」

一翼ではだれからともなく発せられた伝令が飛び交っていた。そしてその伝令は各バラックへ一気に伝わった。勝ち組だけでなく、負け組と見られる人々も立ち上がった。だれもが負け組の烙印を押されるのを恐れたからだ。

翼内では頻発する暴力事件で、すでに勝ち組の何人かは逮捕され独房に監禁されていた。そのとき、密告者と疑われた負け組の数人が勝ち組から暴行を受けていた。今回も、そのようになることを恐れたのだ。

集まった日本人インタニーは、先の尖った棒やナイフを持っていた。彼らは喚きながら投石した。何人かの警察官の頭に投石が当たって血が流れた。ククリ地方官の脚にも投石が当たった。ククリ地方官は激痛に顔をゆがめながら、もはやこれまでと決意して用意していた宣言文を大声で読み上げた。

「暴徒条例により、次のとおり宣言する。この事件について、民政局では手に負えない。従って次のことを軍に協力を求める。一、秩序を回復すること。二、司令官の命令に従わしめること。三、必要に応じて、全部の男子を第一翼から排除すること。四、ナイフ、その他手製の武器、凶器を取り上げること。以上」

しかし、インタニーたちは解散しなかった。騒擾状態は一層激しくなり険悪になっていった。表門の柵外には数十人の兵士が銃口をこちらに向けて立っている。

「発砲なんか絶対にない。脅しだけだ」

このような状態になってもほとんどのインタニーたちはそう思っていた。

しかし、亮太や勝之たち、そして多くの負け組の人々は違った。まだ冷静さを保っていた。

重大な瞬間が刻々と迫っていることを直感した。

「武器を捨てるんだ！　冷静になるんだ！」

「戦争は終わったんだ。全員無事な姿で日本に帰ることが一番大事なんだ。ここで命を落としてはいけない！　暴力は駄目だ！」

「解散しろ！　自分のバラックへ帰るんだ。衝突したら怪我人が出るぞ！」

亮太も勝之も必死に人混みの中を駆け巡り、周りの皆に呼びかけた。栄太郎の顔も田中の顔も見える。負け組とレッテルを貼られた多くの人々が、身の危険を感じながらも、必死に叫び合っている。

「何をぬかすか、この売国奴が！」

「こんなときに、怖気づいたのか」

亮太たちは、人混みの中で勝ち組から胸倉を捕まえられて殴られた。それでもひるまなかった。子どもや老人たちの手を引っ張り、安全な物陰に隠れるようにと、半ば強引に退去させた。

洋子は、どこにいるのだろう。洋子の姿が見えない。亮太の頭の中を不安が音立ててぐるぐると駆け回る。武男と一緒に、この人混みの中にいるのだろうか。洋子は第二翼のバラックだ。しかし、人混みはどんどん増えていく。この人混みにいないことを願った。いないことを念じながらも、亮太は洋子の姿を求めて群衆の中を掻き分けた。

そんなとき、第一、第二翼の間のゲートを突破して、二翼の大勢の人々が一翼へ突進して来る姿が目に入った。先陣を切り暴徒となった二翼の人々は、それぞれが凶器を持っていた。その姿を見て一翼の人々も負けじと警察官や軍の兵士にさらに激しく投石する。

このとき、銃声が聞こえた。

ダン、ダン、ダン……。

発砲された数発の銃声が辺りの空気を切り裂いた。暴徒は一瞬後退してひるんだが、再び大声を発し、目の前に対峙する軍隊に押しかけた。

ダンダンダンダンダン……。それを機に、次々と銃声の音が翼内の庭で鳴り響いた。悲鳴を上げながら倒れる者が相次いだ。痛みを堪えきれずに、うめき声を上げながら転げまわる者もいた。現場は生き地獄となった。亮太は這いつくばって銃弾を避けた。

やがて銃声の音が止んだ。一気に決着がついた。凶器を持った暴徒たちは手を上げ、第一翼の第一ゲートの方へ押しやられた。凶器は取り上げられ、軍の兵士や警察の手によって翼外へ押し出された。それから首謀者たちは司令本部まで連れていかれた。

亮太たちも、全員急《せ》かされて柵の外に連れ出された。

軍隊によって後片付けの救護班が編成された。インタニーの中から二十数名が、救護班に組み入れられることになった。亮太は手を上げて救護班に加わった。発砲前に洋子を見つけることができなかった。もしや……と、不安に苛まれながら手を上げたのだ。勝之も無事で手を上げ一緒に救護班員になった。

8

救護班員は、それからが大変だった。夕方まで、翼内と病院の間を何度も往復した。苦痛に顔をゆがめ、今にも死にそうな負傷者を見ても涙を流す余裕はなかった。全員がただ機械のように忙しく働いた。

広場やバラックの廊下のあちらこちらで、苦しみに身をよじっている者がいた。喚き声を上げている者がいた。それらの人々を励まし担架に乗せ、病院へ運んだ。まったく動かない者もいた。おびただしい血痕が地上に落ちている。死傷者たちの血だ。

全く動かなくなった一人の遺体を担架に乗せようと、俯せた体を仰向けにしたとき、亮太は驚いた。驚いて息を飲む亮太に、勝之がうなずいた。

「うん、間違いない」

「武男か？」

「うん、そうだ」

勝之が二度うなずいた。こめかみを銃弾が貫通し後頭部が割れている。即死だろう。血はすでに固結し、割れた後頭部からは白い脳が膿のような形状でこぼれていた。

亮太の心を複雑な思いが押し寄せた。武男もやはり暴徒に加わっていたかという思いと同時に、洋子でなくてよかったというほっとした思いだ。その思いを悟られぬように亮太は担架を握って立ち上がった。

救護の作業が一段落したのは午後三時ごろである。負傷者は全員病院へ運び終えた。死者は十七名、重傷者は十六名だった。

事件があった現場は、救護班の班員以外まったく人影はなかった。翼内外は森閑として静まり返っていた。広場に強い日差しが差していた。インド砂漠特有の乾燥した冬の空気に、血の匂いが滲み込んだ。

救護班は、しばらく待機を命じられた。死体の身元の確認が済み次第、火葬場に行くというのだ。火葬に付す前に、洋子に武男の死を知らせたいと思った。勝之にこのことを告げ、洋子が住む第二翼の十三バラックへ走った。

亮太は息を整えて、入り口に立つ女性を見つけ、洋子を訪ねて来たことを告げた。いつもは出入りが禁止されているが、今日は特別だ。バラックの中へ案内された。

洋子は、身重の若い女性を看病するように女性の傍らに座っていた。亮太の姿を見て一瞬驚いて立ち上がったが、また座り直した。

亮太は傍らに歩みより、会釈をして武男の死を告げた。洋子は観念していたようでうなずいた。それから、亮太にお礼を言った。身重の女性も驚いていた。

「私は……」

洋子は、亮太に何事かを告げようとしたが言葉が途切れた。遠くを見つめるように目を泳がせ、それから一度目を閉じた。そして、大きく息を吐いて亮太に向かった。

「私たちは、いい夫婦になれなかった。でも、武男はずっと私を守ってくれた。感謝している……」

洋子がそう言い終わると、傍らの女性が耐えかねたように声を上げて泣き出した。洋子はその女性の傍らににじり寄り、頭を掻き抱くようにして慰めた。結局、洋子は武男の遺体と対面することをしなかった。

亮太が、急いで救護班の所へ戻ると、十七名の遺体が棺に収められ、牛車に積まれて郊外へ向かうところだった。見送る者もいない寂しい出棺だ。

収容所の門を出て四十分ほど進んだ所で停車を命じられた。火葬場はどこにもなかった。荒涼とした砂丘が続いているばかりである。

インド人の兵士が皆を集めて、ここで火葬に付すと告げた。灯油と薪が配られた。わずかの灯油と薪で十七名の死者を焼かねばならなかった。つい数時間前まで元気溌剌として笑い走り回っていたインタニーたちである。

　砂丘の小さなくぼみに薪を敷き棺を並べた。薪に灯油をかけ合掌した。救護班の人たち全員が無言であった。黙祷して火を点けた。黒煙が強い匂いを放ちながら勢いよく立ち上っていく。亮太たちは黙ったままでその炎の前に立ち尽くした。一時間ほど経ったころ、やはりインド人の兵士に促されて帰途についた。救護班のだれもが火が燃え尽きるまで見守っていたいと思っていたはずだ。みんなは何度も何度も振り返ってその炎を見た。

　一九四六年二月二十六日、その長かった一日もようやく終わりを告げようとしていた。司令本部に集められて暴徒と化したインタニーたちも取り調べが終わり、やっと許されてそれぞれの翼に帰って来た。暴徒の中には間違って逮捕された者もいた。

　その場で改めて、暴動の容疑者七十名の名前が呼び上げられた。今度はみんな従順に従った。そこで身柄を拘束された者、また自ら名乗り出てバラックを出て司令本部へ行く者もいた。さらに今回の事件だけでなく、一連のリンチに関わったとして自首して名乗り出る者もいた。

　七十名余の容疑者やリンチの首謀者たち、また勝ち組で強硬な意見を述べていたリーダーたちは、拘留されて別の場所に移されてテントを張った。これが第七翼となった。

　翌日、二月二十七日にも、亮太たち救護班は再び召集された。今度は火葬した現場へ骨拾いに行くというのだ。現場へ到着して驚いた。遺骨がひどく荒らされていたのだ。引率してきたインド兵によると、ジャッカルの仕業だと言う。赤黒くただれ、半焼けになった死者の手や足があちらこちらに散らばっていた。目が刳り抜かれた頭部があり、手首が砂の上で太陽に照らされて白骨化している骨もあった。目を覆いたくなる惨状だ。けれども遺体を集めてもう一度荼毘に付す薪や燃料はなかった。後日、再度荼毘に付すというインド兵の言葉を信じて、灰の中からよく燃えたところだけの骨を拾い、骨壺に納めた。だれの骨かは分からない。後は当局に任せるしかない。救護班は再び後髪を引かれる思いで現場を引き上げた。

二月二十六日の暴動の死者は、翌日重症であった二名の死者を含めて十九人になった。その中には、沖縄県出身者も三人含まれていた。流れ弾に当たった幼児、他二人、もちろん、その一人は名嘉真武男であった。

9

デオリの二・二六事件が終了した後、冷静になった収容者たちは生きて祖国に帰れる喜びに満ち溢れた。なぜこの喜びを素直に受け入れなかったのか。そんな後悔と感慨に苦笑さえ浮かべた。だれもが戦争が終わったことは事実だと理解した。そしてだれもが日本の敗戦は真実だと、その現実を直視した。

広島、長崎への原子爆弾による被害、東南アジア諸島での日本軍の玉砕、そして米軍の占領下における沖縄の軍事基地化……。現実を直視すると、どれもこれも帰還する祖国の惨状や同胞の死を嘆かずにはおられないものばかりである。これが戦争のもたらした現実だ。喜びと同時に大きな不安が徐々に膨らんできた。

帰国の日が五月六日と十三日になることが、収容所の司令官から発表された。あと三か月。長い収容所生活に終止符が打たれるのだ。デオリを含めて、約四年余の抑留生活が、亮太の脳裏をグルクン（タカサゴ）の群れのように駆け巡った。

亮太の兄亮一は、インド兵として、暴徒の鎮圧に参加していた。軍人であるから銃を持っての参加である。たぶん、上官の命令に背くことはできなかっただろう。

亮太は、複雑な思いで亮一のことを考えた。亮一は引き金を引いたのか。同じ日本人へ銃を向けたのか。互いの無事をすぐにでも確認すべきであったはずなのに、亮一の家を訪問することは躊躇われた。

そんな中で英国軍指揮官の一人ロックスバーグ大尉がピストル自殺を図った。自殺の原因は憶測の範囲を越えるものではなかったが、一連の騒動で十九名の死者と多くの負傷者を出したことへの自責の念からのものだと噂された。

亮太は、その噂に激しく動揺した。このようにして責任を取る軍人がいることに驚いた。それも他国の人々の死への責任だ。その死を、わがことのように考えることのできる人間の存在に、生きること、死ぬことの尊さを思った。何かのために生き、だれかのために死ぬ。そんなことのできる人間の存在が愛おしく偉大にも思えてきた。これまで思ったこともないような感慨だった。

この事件を契機に、兄亮一に会いたいと思うようになった。亮一の行為の真偽については明確にしなくてもいいと思った。人間はだれもが弱く、だれもが死を免れないのだ。生きるには個の意志を越える様々な理由があるように思われた。そして、だれもがそのような理由に抗い、そのような意志に生かされているような気がした。いつか兄の行為の真偽が明かされる日が来るだろう。明かされたからといって兄を責めるつもりはなかった。むしろ慰めたかった。兄に会ってもいいと思った。そして今度こそ洋子と一緒に行きたいと思った。

洋子を誘うために、洋子の住む第二翼の十三バラックを再び訪ねた。洋子は前回と同じように、身重な女性の傍らに座っていた。しかし、今回は、傍らの女性は身重ではなく赤ちゃんを産んだ後だった。女性の傍らには赤ちゃんが眠っていた。洋子はその女性を励まし見守っていた。亮太の姿を認めると、立ち上がって亮太を迎えた。

「赤ちゃんが生まれたのよ。もう二週間にもなるの」

洋子は訪ねてきた亮太に笑みを浮かべて教えてくれた。

「まだ、紹介していなかったけれど、こちらは赤ちゃんのお母さんの美由紀さん」

「よろしくお願いします」

美由紀は身体を起こして、亮太に挨拶してくれた。亮太も同じように挨拶を返した。洋子は、美由紀の背中に手を添えながら言い継いだ。

「美由紀さんは、武男の奥さんなのよ」

亮太は驚いた。どのように理解すればいいのか分からなかった。分からないままで思わず言葉を発していた。

「赤ちゃんは……」

「そう、武男の子どもです」

洋子でなく、美由紀が微笑みながら答えた。

「あの人は、まったくの暴れん坊。子どもみたいで手に負えなかった。この子の誕生を喜んでくれているかしらねえ」

美由紀は、赤ちゃんの頬を撫でながら言い継いだ。

「プラナキラで出会って、デオリで夫婦になったの」

「そうですか……、びっくりしました」

驚いている亮太を、洋子がからかうような視線で見つめている。

武男の奥さん……。そうだとして、洋子は武男といったいどういう関係なのだ……。混乱したままで洋子を見つめ美由紀を見つめる。二人とも小さな笑みを浮かべている。

それにしても、武男が死に武男の子どもが生まれる。悲劇の中でも命が誕生する。どんな日々の中でも、奇跡のように命が繋がれていくのだ。

亮太も洋子と美由紀の笑顔を祝福したくなった。

「ぼくの兄にも、子どもができるんですよ。いや、もうできたと思う」

「ええっ、どういうこと？　兄さんもデオリにいるの？」

美由紀は目を丸くして驚いた。洋子には以前に話したことがある。亮太はどぎまぎしながらも兄との出会いのことを説明した。美由紀が信じられないという顔で洋子と亮太を見る。ひととおり聞き終わると、感激したように感想を述べた。

「そうなの……。これは奇跡だね。びっくりした。こんなことってあるんだね。運命だね」

美由紀の言葉に洋子も笑顔でうなずく。洋子にとっても亮太の兄のことを詳細に聞くのは初めてだ。

「実は今日は、洋子さんに兄のところに生まれた赤ちゃんを見てもらおうと思って誘いに来たんです。ここにも赤ちゃんが生まれているとは思わなかった」

亮太も笑顔を浮かべてそう言った。

実際には、赤ちゃんのことは、この場でとっさに思いついた洋子を誘い出す方便だった。帰国前に、是非洋子に兄を紹介したかったのだ。一緒に糸満売りされて苦労を味わった大切な仲間だ。一度断られているが、諦められなかった。

洋子は、亮太の誘いに笑顔を浮かべたが、返事をしなかった。話題を逸らすように亮太との糸満での生活を懐かしそうに話し出し、亮太との仲を美由紀に説明した。

美由紀は洋子の話をうなずきながら聞いていたが、急に思い出したように二人の顔をちらちらと見ながら、洋子の話を遮った。

「洋子さん……、ごめんなさい。赤ちゃんのおっぱいの時間だと思うわ」

「あっ、ごめん、ごめん。気がつかなかった」

洋子は、赤ちゃんの傍らに歩み寄り、頬を撫でた。そして小さく美由紀へ言葉をかけて亮太を屋外へ誘った。

バラックを出ると、洋子は両手を広げ、大きく息を吸った。

「わあ、空気が美味しい。こんな気分、何年ぶりかしら」

洋子は、亮太を見上げると笑みを浮かべて歩き出した。バラック横の木陰に置いたベンチに腰を下ろした。亮太も腰かけた。

「美由紀さんのこと、びっくりしたでしょう」

「ええ、びっくりしました」

「武男も、美由紀さんのような可愛い理解者ができてよかったよ。人の仲は、それぞれだね。相性もあるのかしら？」

「さあ、ぼくにはよく分からない……」

「そうだね。私にもよく分からないわ」

洋子は、はにかんだような笑顔を浮かべながら言った。洋子の笑顔を見ていると、十年ほど前の糸満での日々が蘇ってくる。

「ねえ、亮太。お兄ちゃんのこと、もう少し話してくれる？　もっと聞きたいわ」

洋子は、興味深そうに亮太の方へ笑顔を向けた。洋子の小さな小指が目に留まった。昔のままだと思った。幼いままの小指だ。可愛かった。

亮太は、美由紀の前では話さなかったが、兄亮一の恋人久子のことを話した。久子の姉がハンセン病を患ったがゆえに、父に結婚を反対されたことなど……。

洋子は当初、笑顔を受かべてうなずきながら聞いていたが、やがて真顔になって黙って聞き続けた。

洋子は、亮太の話を聞いて明らかにこれまで暮らしてきた自分の過去に思いを巡らしているように思われた。自分の過去と久子の思いを比べ、亮一の決意や妻ムメノの思いを想像しているように思われた。

亮太が話に一区切りをつけた後も、しばらくは沈黙の時間が続いた。洋子に辛い思いをさせたのではないかと気になったが、亮太には、洋子の気持ちは、まだ分からない。

やがて洋子は、再び笑顔を浮かべて亮太に言った。

「いい話だよ、亮太……」

「うん、それなら……、よかった」

「素敵な話だ……。ねえ、亮太、お兄さんに会わせてちょうだい。お兄さんの家族にも会いたいわ。ムメノさんにも、ヒサコちゃんにも……」

「うん、喜んで」

亮太は大きくうなずいた。そしてもう一度幼い小指を見つめて笑顔を浮かべた。

優しい風が頬を撫でる。砂漠のデオリにも爽やかな風が吹き渡るのだ。春だ。足元にも、遠くにも鮮やかな新緑が輝いていた。

10

楽しい歳月は、あっという間に過ぎていく。亮太は、洋子を誘って兄の家を何度も訪ねた。兄の家族は、二人を大歓迎してくれた。ヒサコはすぐに洋子に甘えて、洋子の手を引いて室内外を駆け回った。生まれた子は男の子だった。バクシュと名付けられていた。洋子は、バクシュも我が子のように抱きしめた。

故郷に帰る日が目前に迫っていた。亮太と洋子は第二陣の五月十三日の帰還グループに組み込まれていた。その三日前の五月十日にお別れパーティをする。洋子も誘って一緒に来てくれと亮一から招待された。亮太は喜んで承諾した。

洋子に告げると、洋子も嬉しそうに了解してくれた。昼間のパーティであったが、洋子は少し薄化粧をしていた。日本への帰還の日が決まってからは、収容所の規律もやや緩やかになり、昼間であれば、だれでもが自由に収容所内外を散歩することもできるようになっていた。

「ナマステ！（いらっしゃい）」

パーティの日、二人が亮一の家に到着すると、娘のヒサコが声を上げて飛び出して来た。そして洋子に抱きついた。

「ナマステ（こんにちは）」

洋子も笑顔で返している。洋子はいつの間にインドの言葉を覚えたのだろう。ヒサコから教えてもらったに違いない。庭でも手を引かれて一緒に遊んでいた。

室内は、パーティらしい装いがなされていた。窓には色鮮やかな折り紙で象《かたど》った動物の切り絵が貼られていた。ヒサコが作ったのだろう。ヒサコはその一つ一つを洋子に示して得意がった。

テーブルには、赤と黄色など極彩色で描かれた花模様の大きなテーブルクロスが掛けられている。そのテーブルに運ばれてきた料理に洋子が感嘆の声を上げた。

「ヴァ！（すごい）」。

ヒサコも洋子と同じように声を上げる。

食事が始まった後で、洋子がヒサコに小さい声で尋ねる。

「ヒサコちゃん、美味しいには、インド語で何というの？」

「スワディシュト」

ヒサコが小さく答える。洋子が亮太を見つめる。亮太も洋子と一緒に声を合わせる。

「スワディシュト！」

二人の声に、みんなが顔を上げて笑う。

亮太は、こんな時間が訪れるとは夢にも思わなかった。懐かしい話や、異国の地での思わぬ出来事などを話しながら、何度も声を上げて笑った。

やがて、洋子はフィリピンの市場で姉の亮子と出会った話を亮一にした。亮一も亮太も身を乗り出すようにして耳を傾けた。

話しを聞き終わった後、亮一が半分嬉しそうに、半分亮子の消息に不安を抱いて感想を述べる。

「洋子さんは、私の家族と縁があるのですね」

「そうですね、なぜかしらね……」

洋子も首を傾げ、笑顔を浮かべながら亮太を見た。そして続けて言う。

「帰国船はカラチの港を出てシンガポールに寄り、フィリピンのマカオの港にも立ち寄ると聞いています。だから……、ねえ。亮太、一緒にマニラの市場に行ってみようか。お姉さんの消息が分かるかもしれないよ」

「うん、有難う。そうしよう」

亮太と一緒に、亮一も感謝の言葉を述べていた。そして立ち上がり、テーブルの上から手を伸ばして、洋子の手を握り、亮太の手を握った。それからムメノやヒサコを見つめ、生まれたばかりのバクシュを見つめて、感慨深げに亮太に告げた。

「亮太、俺はインドに残る。このデオリで家族と一緒に骨を埋める。だから……」

「うん」

亮太は、姿勢を正して亮一に向き直った。そして次の言葉を待った。

「亮太……、お前は、俺に帰国を考えてくれと言った。俺の上官もそうすることは難しいことではない、協力すると言ってくれた。有り難う、亮太、俺はよき弟を持ったよ。でも、俺はもうヤンバルでウミンチュにはなれない。この地で暮らすことに決めたんだ。デオリの収容所が閉鎖されて別の地に移ることがあるかもしれない。だが、ムメノやヒサコ、そしてバクシュと一緒にインドで暮らす決意は変わらない。俺はインドが好きだ。俺を助けてくれたインドの大地に感謝している。インドを出ることはない」

「兄さん……」

「だから、母さんや亮子のこと、そして亮健や美代のこと、心苦しいがよろしく頼む。そして父さんの供養も……」

亮一は、一瞬言葉を詰まらせた。そして目頭を押さえながら亮太の所へ歩み寄って肩を抱きしめた。それから涙を拭いて隣の部屋へ入って行った。

ムメノが傍らから手を差し伸べて、テーブルの上に置いた亮太の手の甲に自分の手を重ねる。

しばらくして、亮一が戻って来た。

「これは俺の形見だと思って、受け取って欲しい」

亮一は亮太の前に、紙袋を差し出した。中に入っているのは藍色の漁師ズボンだ。

「俺は、もう海に出ることはない。これを着ることもないだろう。いつかお前がヤンバルに帰って海に出るときは、これを着たらいい。俺も一緒に漁をしていると思え。立派なウミンチュになれ。幸せになれよ。いいか亮太」

亮太は涙を手のひらで拭いて立ち上がり兄の元に進み出た。握手をすると、亮一は再び亮太の肩を抱きしめてくれた。ムメノが傍らで涙を拭った。娘のヒサコは、神妙な顔で洋子の膝の上に座り亮太と亮一を見つめていた。

別れの五月十三日はすぐにやって来た。デオリ収容所の二四〇〇人の収容者たちの帰還が開始された。五月六日が第一陣、五月十三日が第二陣だ。

亮一の家族は、収容所まで見送りに来てくれた。洋子と亮太のバスは別々だったが、亮一家族の姿を見つけて、洋子も飛んで来た。息を弾ませ、元気な声でヒサコを抱き上げた。

「ナマステ！（さようなら）」

亮太も、もう一度、亮一兄と握手をした。

「兄さん……、元気でね」

「うん、お前も頑張れよ」

二人の傍らで、ムメノも洋子を抱きしめていた。

亮一の家族は、バスが見えなくなるまで手を振っていた。

さようなら、デオリ、さようなら兄さん……。

亮太は、亮一の姿が見えなくなると、バスの進む目前を見つめた。勝手に涙がこぼれた。その涙を周りの者に気づかれないようにそっと拭《ふ》いた。もう永遠に亮一兄とは会えないだろう。そう思うと前方の風景が再びかすんで見えた。前方のバスの巻き上げる砂煙でかすんで見えるのだ。そう言いきかせて、また涙を拭いた。

第六章

帰還

1

海上は凪いでいた。大きな引き揚げ船だからだろうか。「富士丸」は、サバニのように船体を揺らすこともなかった。天候も快晴の日が多かった。亮太も、一緒に拘束されたウミンチュ仲間も、また収容所で苦難の日々を過ごした新しく得た仲間たちも、長くデッキに出て、海風を受ける時間に身を委ねていた。

一九四六（昭和二十一）年五月十三日、デオリを出発したバスやトラックは荒原を走りインド西部のカラチに到着した。五月十九日にカラチの港を出発して二十五日にシンガポールの港についた。シンガポールの波止場から、再びバスやトラックで、シンガポールの街中を通り、ジュロンの収容所へ運ばれた。シンガポールの懐かしい街並みに思わず感激の声を上げる者もいた。ジュロンの収容者は日本人引き揚げ者の一時待機の場所になっていた。

デオリからやって来た亮太たちは、ジュロンで二十日間を過ごした。六月十五日、シンガポール北部のセレタ軍港で再び富士丸に乗船、ついにシンガポールを離れたのである。

「日本に着いたら、まず何がしたい？」

「すぐにでも、子どもに会いたい」

「俺は女房殿を、力いっぱい抱きしめたいなあ」

「俺は、おふくろのそば汁が食べたい」

みんなの顔は笑顔である。引き揚げ船は広島県大竹港に入港予定だ。

亮太の所へ、プラナキラで親しくなり、デオリで一緒に苦難を乗り越えた渡辺と田中が寄って来た。田中が笑顔を浮かべて亮太を誘う。

「亮太……、俺と一緒に俺の故郷へ行かないか。俺の故郷は宮城県の石巻だ。漁師町だからお前の腕も生かせる。一緒に行こうよ」

「俺の田舎がいいぞ。親父やお袋は福井で農業をしている。俺は東京に戻らずに、田舎で農業をするつもりだ。土地は沢山あるぞ。金はないけどな」

東京で商社マンをしていたという渡辺も、冗談を言いながら笑顔で誘う。

「うん、有難う。俺は、やはり沖縄に戻るよ」

「沖縄は玉砕と聞いているぞ」

「だから……、だから沖縄に戻りたいんだ。故郷の家族はどうなっているか、確かめたい」

「そうか、やっぱりそれが先か……」

「有難う、誘ってくれて嬉しいよ」

「うん……。ヤンバルに戻ったら、やっぱり海に出るのか？」

「さあ、それは分からない。どうなっているのか見当もつかないよ」

渡辺が頭を掻きながらながら亮太に詫びる。

「亮太、俺が生き延びることができたのは、お前のおかげだ。デオリでは迷惑を掛けた。ごめんな」

田中が亮太より先に返事をする。

「ほんと、勝ち組はひどかったからなあ」

それを亮太が打ち消す。

「そんなことはないさ。みんな必死だったんだ……」

「うん、そう言ってくれると嬉しいよ……。故郷に帰ったら、お互いに頑張ろうなあ」

渡辺と田中が手を差し伸べる。亮太もその手を強く握る。

洋子も時々デッキへ上がって来た。多くは産後の美由紀に寄り添い、赤ちゃんの世話をするために船室にいることが多かった。

「赤ちゃんの名前は決めたってよ」

洋子が笑みを浮かべて亮太に告げる。亮太の横で腕組みをし、風を避けるように身を竦めている。

「幸彦《ゆきひこ》にするんだって」

「あれ、そうなの？　武男の名前は一字も取らないんだなあ」

「そう、武男と決別するための名前だから取らないんだって。武男の故郷へ案内しようかって言ったんだけど、幸彦と一緒に頑張るって。私よりしっかりしているよ。思い切りがいい。私には、それができなかった……」

「えっ？」

「いや、なんでもない、独り言よ」

船べりをトビウオが飛んだ。巨大なマンタの魚影が船と並走する。イルカが悠然と泳いでいる。いつの間にかウミンチュになって海を眺めている自分に気づいて亮太は苦笑した。

洋子は、何を言おうとしたのだろう。何を考えているのだろう。ぼんやりと海を眺めながら、亮太は過去を振り返った。もちろん洋子の過去もだ。美由紀のように潔く前を向いて歩んでいく姿が羨ましいと言った。戦後は始まったが、亮太にはまだ何も始まっていなかった。洋子もそう言いたいのだろうか。視線を上げて海を見る。

「海亀だ！」

海面は太陽に照らされてまぶしく輝いている。その海面を、海亀が二頭、浮き沈みを繰り返しながら泳いでいる。

「えっ、どこ？」

洋子が、腰を伸ばして亮太の傍らで首を伸ばす。

「ほら、向こう」

亮太は、前方の海面を泳ぐ海亀を、しっかりと指差した。海亀は親子か、夫婦か、恋人か。そんな想念にとらわれながら笑顔で二頭の海亀を眺める。

洋子はなかなか海亀を見つけることができなかった。やがて歓声を上げて海亀を指差した。糸満にいたころの洋子の笑顔だった。

2

富士丸は、予定どおりフィリピンのマニラ港へ入港した。半日ほどの停泊で、近隣の諸島からマニラに集まっている日本人を収容するためだ。

亮太は当初の計画どおり、姉亮子の消息を尋ねるために洋子と一緒の下船を申し出て許可されていた。寄港するとすぐに下船した。与えられた時間は半日、六時間だ。

洋子に案内されてマニラの水産市場へ行った。戦争が終わって九か月余、マニラの賑わいは当時と比べてまだ戻っていないという。洋子が小さく声をかけた。

「お店の主人はアキノさんという人よ、夫婦でお魚屋を経営していたの。沖縄の漁師から魚介類を仕入れていたから、ウチナーグチも話せたよ。私も亮子さんも親しくしていたの。まだお店があるといいのだけれど……」

洋子は不安そうにつぶやいて足早に歩いた。市場はトタン屋根やテント屋根が多く、軒を寄せて連なっている。

「当時と同じ……、たぶん、ここは爆撃を免れたかもしれない」

洋子は辺りを見回して、一つ一つの店を確かめてうなずきながら足早に歩く。亮太も急いで後を追う。すれ違うフィリピン人の視線が気になった。「ジャップ」と口ごもりながら憎しみの目で見つめたり、立ち止まって指差したりした。

「あった！」

洋子が大きな声を出して亮太を手招く。亮太が到着する前に、すでに店に入っていた。

「ヨウコ！」

大きな声が聞こえてきた。夫婦は無事だったのだ。亮太の前で三人が手を取り合って笑っている。肩を抱き合っている。

「ガンジューイ（無事だったか）」

「ガンジューイ（元気だったか）」

ウチナーグチが店内で飛び交った。亮太は三人の様子をしばらく眺めていた。洋子が、笑顔で亮太を二人に紹介する。そして訪ねてきた訳を説明する。二人は、亮太に向き直り挨拶をする。

「はじめまして。姉さんのリョウコさんのことはよく知っています。とても働き者でした。ヨウコさんが去った後も、隣で私たちと同じように魚を売っていました。刺身も売っていました。でも……」

二人の顔が急に曇る。洋子が、本当のことを言ってと促す。知っていることをみんな話して欲しいとお願いをする。そのために来たのだからと。

ご主人がうなずいて再び話し出す。

「ダンナさん、漁師でした。私たちの店にも、ガンジューイと言って、よく顔を出しました。ダンナさんの漁船が軍に徴用されました。それからはダンナさん、軍属として兵隊の食糧の魚を捕っていました。その船が米軍の飛行機に機銃掃射されました。ダンナさん、死にました……。でもリョウコさん、頑張り屋でした。一人ぼっちになりましたが、一人の娘と乳飲み子の男の子を抱えて頑張りました。戦争が激しくなって、日本人、みんな市場から逃げました。リョウコさんも日本人と一緒にルソンの山の中へ逃げました。マニラの街で市街戦が始まったのです。リョウコさん、山の中で……」

主人が、顔をしかめて口ごもる。それを見て奥さんのアキノさんが、話を引き継ぐ。

「残念でした。リョウコさん家族、山から戻りません。戻って来た日本人に聞きました。リョウコさん家族、三人、ゼンメツ。ジャングルで爆弾で死にました」

洋子が、手で口を覆って涙ぐんだ。

「リョウコさん、優しい人。とてもダンナさん思い。子ども可愛がっていました。ヤンバルにお母さんいる。弟妹いる。心配。いつか一緒に住みたい。お金貯めてヤンバルに帰るって言っていました。弟のリョウタ、シンガポールにいる。家族のために頑張っている。誇りにしている。あなたのこと愛しているって、いつもイバッテいた」

亮太は込み上げてくる涙を、必死で堪えた。洋子が亮太の袖を捕まえる。亮太は、二人のアキノさんの手を取って感謝する。

「有難う、よく話してくれました。有難う」

「私たちも残念です。でも弟のリョウタさんに会えました。ヨウコさんにも会えました。リョウコさんが会わせてくれたのです。今日は嬉しい日です。どうぞ休んでください」

ご主人がそう言った時だった。いつの間にか店の前に人だかりができていた。

「ヘイ、ジャップ」

「ジャップを出せ！　俺の父親はジャップに殺された」

「俺の娘は、ジャップに拉致された」

集まった人々が口々に叫び始めた。ご主人が人々の前に立ちはだかり押し返す。

「日本人じゃない、琉球人だよ」

「琉球人？　同じ日本人だろう」

険悪な雰囲気になって来た。洋子も亮太も、長い収容所生活で群集心理というものを体験していた。やがてそれぞれに刺激し合って怒りが爆発する。この人々の中に、戦前に、あるいは戦争中に、日本人から侮辱され、ひどい目に遭った人々がいるのだろう。その数が、一人、二人と増えていったら限られた時間内に引き揚げ船には戻れないかもしれない。

洋子も亮太も、そのように思った。慌ただしく奥さんに目配せをして別れの挨拶をする。奥さんが二人の手を引いて家の中に入れる。手に持った靴を裏口で再び履く。

「洋子、行くぞ」

洋子がうなずく。今度は、亮太が洋子の手を引いて一目散に駆けだした。

「逃げたぞ！」

「ジャップが逃げたぞ！」

怒声の中から、石が飛んできた。亮太も洋子も、後ろを振り返らずに必死に走り続けた。どのぐらい走っただろうか。息が上がって苦しくなった。だれも追って来ないことを確かめると、二人とも膝に両手をついて息を整えた。亮太の首筋から汗が噴き出した。洋子を見ると、洋子も額から汗が滲んでいる。

亮太は、息を弾ませながらお礼を言う。

「洋子、有難う」

「ううん、姉さん……、残念だったね」

「うん」

洋子が額の汗をハンカチで拭う。それから背中を伸ばして歩き出した。亮太も横に並んで歩く。路上を吹き抜ける風が、汗の流れた二人の身体に吹きつける。ひんやりとした感触が頬や首筋を撫でる。

「いつの日か姉さんの遺骨を探しに来たい。そしてもう一度アキノさんにお礼を言いたい」

亮太の言葉に、洋子が笑みを受かべてうなずく。

「うん、そうだねえ、そうできるといいね」

亮太もうなずく。そして、洋子の横顔を見ながら、姉亮子の無念さを思うと、涙がこぼれそうになるのを必死に堪えた。

3

亮太と洋子は、間一髪の危機を逃れて、再び富士丸に乗船した。富士丸は沖縄に寄らずに、一路広島の大竹港へ向かった。

洋子は亮子の死を知ってからは、さらに亮太を慰めるかのようにデッキに上がって来て亮太の傍らに立った。共通する話題は多かった。そして知らないことも多かった。糸満でのこと、シンガポールでのこと、そしてプラナキラで出会ったこと、デオリでの生活……。亮太は洋子のことを何も知らなかったのだと思った。

そんな中、特に聞きたいことが一つあった。武男と結婚すると言った理由だ。しかし、どうしても切り出せなかった。洋子もまたこのことを避けているように思われた。やはり尋ねることができなかった。時が来れば、明らかになるだろうし、明らかにならなくてもいいと思った。明らかにしなくてもいい真実があるような気もした。

洋子を誘って、何度か水平線から昇る太陽を見た。おどろおどろと海上を揺れながら太陽は昇った。黄色い太陽がオレンジ色に染まり、桃色の輪郭を作って揺れた。それから次に白色になってまぶしさを放ちながら一輪の花になった。水平線から昇る太陽は美しかった。

また太陽は雲に隠れたままで昇ることもあった。姿は見せないが、雲の背面が明るく染まった。雲の深さによって、雲の色は赤い色やオレンジ色に微妙に変わった。そんな景色をつくる太陽の力に驚いた。多くの色が、多くの雲を染めた。その色を持つ雲が徐々に広がり、やがて見上げると頭上の雲まで色をつけていた。

太陽は、戦争の世にも、どんな時代にも、繰り返し光を放ちながら昇ってきたのだ。ヤンバルで亮一兄と一緒に眺めた夕日も美しかったが、洋子と眺める朝日も美しい。眺めることを忘れると太陽の存在さえ忘れてしまうのだ。太陽は生きていると思った。

「ティダヌスディドゥクル」

「えっ？　なんて言ったの？」

「うん、亮一兄さんが教えてくれたんだけどね。海の向こう側に太陽が孵化する場所があるんだって。それをティダヌスディドクルって、昔の人は呼んでいたんだって」

「そう、そうなの。素敵な考えね」

「うん、太陽を眺めていると元気がでる。こうして風に吹かれていると、久し振りにウミンチュに戻ったような気分になるよ」

亮太は、傍らの洋子に感慨深げに言った。水平線から昇った太陽が洋子の顔を照らしている。洋子の顔は笑みを浮かべて輝いていた。

前方に立つ二人連れの男にも、朝日が当たっている。一人は松葉杖をつき、一人はその男に寄り添っている。戦争で負傷したのだろう。

亮太と洋子がマニラの市場へ行っている間に、乗船した日本人は数多くいた。その中には何人かの傷病兵もいた。見慣れぬウチナーンチュの姿を目にすることも多くなっていた。

「あれっ」

洋子が声を漏らした。

「まさか……」

再び、驚いたように目を凝らして前方の男を見つめる。男はじっと海を見つめている。その横顔が反転して亮太たちに向き直った。朝日が顔を照らす。

「隆だ！　隆じゃないか！」

二人は同時に声を発していた。

「そう、隆だよ。私もそう思う……」

洋子が震えるような声を発する。松葉杖の男は右足を切断されていたが、確かに隆だ。南洋パラオに親戚がいる。パラオに渡りたいと言っていたが、どうしてここに……。ここはフィリピンだ。二人とも思わず駆け寄っていた。

「隆！　隆じゃないか」

男は返事をしない。

「隆、ぼくだよ。亮太だよ」

男は、怪訝そうな表情を見せて、それから何も答えることなく目を逸らした。

しかし、やっぱり隆だ。

「隆でしょう。ほら、糸満で一緒だった洋子だよ。亮太も一緒だよ。隆でしょう?」

男は、洋子の言葉にもやはり反応しなかった。じっと海を眺めている。

傍らの男が、笑みを浮かべながら二人に言う。

「隆ですよ、この男は……。国吉隆」

「やっぱり……」

傍らの男は大きくうなずいた。

「私と隆は、ペリリュー島で働いていました。南洋興発という会社で働いていたのです。隆は漁船に乗っていましたが、戦況が逼迫《ひっぱく》して二人とも軍隊に召集されました。そのままペリリュー島で任務につきましたが、ペリリュー島は玉砕です。私と隆は砲弾で吹っ飛ばされました。二人とも気を失っていたのを米兵に助けられたのです。隆は脚をヤラレ、私は腕をヤラレました。もちろん、私たちはすでにたくさんの同僚を失っていました。そして、たくさんのアメリカ兵を殺していました……」

男は、上体を横にねじって亮太たちに向かって身体を振った。上着に隠れていたが、男の片腕がないのが分かった。そして向き直ると再び話し始めた。

「隆は優しい男だったが……、肉弾戦で精神をヤラレタ。砲弾で記憶も吹っ飛ばされた。言葉も失った。だれも分からない。私だって分からないと思う。あの戦争を思い出したくないのだ……」

隆を見る。目がうつろで焦点を定めない。不安げな目で視線を泳がせた後、再び海に視線を落とす。洋子が傍らで、涙を堪える。男は、息を整えるとまた言った。

「隆には辛い出来事が多すぎた。隆の漁師仲間も全員が死んでしまったんです。爆弾を抱えて島を取り巻くリーフまで泳ぎ、そこで身を隠し上陸してくるアメリカ軍の船艇へ爆弾を投げる。無謀な作戦です。上官はウチナーンチュは泳ぎがうまいだろうと言って、半ば強制的に参加者を募った。隆は一瞬ためらって手を挙げなかった」

「手を挙げたウチナーンチュは……」

「そうです。全員が死亡しました。自爆行為ですよ。隆は、母親のことを思って手を挙げなかったようだが、このことをずっと悔やんでいた。自分も死ぬべきだったたって……」

亮太も洋子も言葉が継げなかった。隆は優しさゆえにさらに深く傷ついたのだ。そう思うと気が滅入った。

亮太にも洋子にも、戦争で死んでいった人々の笑顔が目に浮かんできた。戦争は人を選ぶのかも知れない。最も優しい人々から傷つけ、殺していくのだ……。そう思いながら再び隆を見た。隆は表情を変えなかった。

傍らの男は、安部太一《あべたいち》と名乗った。山口県の出身だという。亮太も洋子もお礼を言って、名を名乗った。男は亮太よりも年上だった。とても落ち着いていて、穏やかな表情で、この船に乗るまでのいきさつを丁寧に説明してくれた。ペリリュー島で米軍に助けられた後、米軍の軍艦でマニラの病院に運ばれた。病院で隆は右足を切断され、自分は左腕を切断された。そして、病院で治療を受けながら、マニラ市内の日本人収容所施設で過ごしてきたのだという。最後に不安げに言った。

「隆を、どのようにして……」

「ええ、ぼくが隆を、沖縄に連れて帰ります。隆の故郷はぼくの村の隣ですから」

「そうですか、それは助かります。有難う」

「いえいえ、こちらこそお礼を言います。有難うございました」

亮太は、思わず返事をしていた。たぶんゆっくり考えてもそうしただろう。洋子が顔を上げて亮太を見てうなずく。隆は、やはり表情を変えなかった。

その日から、亮太は隆を引き取り世話をした。安部が時々やって来て、隆の様子を見て、対処の仕方などを教えてくれた。洋子も頻繁にやって来て手伝ってくれた。

富士丸は六月二十八日、予定どおり広島の大竹港に到着した。シンガポールのセレタ軍港を出たのが六月十五日だったから、およそ二週間の旅だ。

亮太も洋子も、広島で多くの友人たちと別れた。それぞれの幸せと今後の健闘を誓った。共に長い収容所生活を送ってきた仲間なので、だれもが感慨深い思いを抱いて顔を紅潮させ抱き合って別れを惜しんだ。

沖縄の人々も数十人が広島から各地に散っていった。戦前から親戚や家族が本土に出稼ぎに来ている人も多く、港まで迎えに来ている人々もいた。

亮太は、神戸から沖縄行きの船が出るので、その船に乗るために多くのウチナーンチュと一緒に神戸に向かった。洋子も一緒だった。広島市街を列車が通ったときは皆が声を失った。原子爆弾投下からまだ一年も経過していなかった。建物という建物は倒壊したままだった。戦争の恐ろしさをあたらめて実感した。

神戸から沖縄に向かう船上では、広島の惨状を目の当たりにしたがゆえに、沖縄玉砕という言葉に、故郷の光景を思い浮かべて心が痛んだ。沖縄住民の四分の一は犠牲になったという。肉親や親族の姿を思い浮かべては不吉な予感を必死に打ち消した。

引き揚げ船は、沖縄本島中部の久場崎《くばざき》港に入港すると伝えられていた。沖縄本島の島影が見えてくると、だれもが船室でじっとしていられなかった。デッキに上がって海風を受けながら沖縄本島の島影を眺めた。だれもが感慨を同じくしていたはずだ。洋子も亮太もそうだった。

「沖縄の土を踏むのは、何年ぶりかしら？」

洋子が寄ってきて、そっと亮太に話しかけた。

「ぼくは、十年ぶりかなあ」

亮太が返事をする。亮太の脳裏にも、洋子の脳裏にも家族や懐かしい故郷の風景が浮かんでいた。

洋子と一緒に、洋子の故郷、読谷の地に立ち寄ってから、懐かしい故郷小兼久へ帰ろうかと思ったが、隆と一緒だった。やはり隆を隣村へ届け、それから家族の元へ行き、家族の消息を尋ねるのが先だろう。そんな風に思い直していた。

亮太の前方に立っている隆を見る。隆は海風を受け、身体を左右に規則的に揺らしながら、ぼんやりと沖縄本島を眺めている。

亮太は思い切って洋子に伝えたいと思っていた決意を心の中で反芻して洋子に向かう。しかし、亮太の言葉は隆の身体のように揺れて、うまく伝えることができない。思いを絞り出すように、やっと少しの言葉が出た。

「落ち着いたら、ヤンバルに来ませんか」

洋子が亮太を振り返る。

「落ち着くことが、あるかしらねえ」

「そうですねえ……」

亮太は、次に繋がる言葉を探せない。亮太の思いは、なかなか言葉にならない。

洋子も同じように、言葉が続かなかった。必死に波立つ心のざわめきを抑えていた。このままでは、これが亮太との永遠の別れになりかねない。亮太と一緒にヤンバルに行きたい。許されるものなら亮太と一緒に暮らしたい……。

洋子の心は、早鐘を鳴らすように熱い思いで溢れていた。やはりこのことは叶わない夢なのだろうか。亮太は、私が亮太や雄次の思いを裏切って武男と結婚すると言った理由を、ついぞ問わなかった。私も答えなかった。私は美由紀さんのようにはなれないのだ。

洋子は心の内で流れる涙を、必死に堰き止めた。これが亮太との永遠の別れになるとは思いたくなかったが、しかたがなかった……。

「恵輝さんが、さくら荘で賄い婦をしていたトミ子さんと結婚するそうですよ」

亮太の言葉は、記憶の闇を溢らせている洋子の心に入る隙間はなかった。

4

久場崎の港は、あっというまに目前に迫ってきた。白いカモメが飛んでいる。船上からも陸地からも、万歳の声が何度も上がった。

上陸すると、みんなは慌ただしくトラックやバスに振り分けられた。亮太と隆は、ヤンバル行きのトラックに乗り込んだ。洋子とは、結局十分な別れの言葉も交わすことなく久場崎港で手を振って別れた。

幌の無い吹きさらしのトラックの荷台で揺られて、三時間ほどでヤンバルに着いた。懐かしいヤンバルの風景の中をトラックが入ったときは思わず目頭を熱くした。生きて帰れたのだ。インドで生きる兄亮一のことや両親の記憶、姉や弟妹の記憶が一気に蘇ってきた。

隆を隣村の実家に送り届けた後、懐かしい我が家の前に立った。我が家は朽ちていた。しーんと静まり返っていた。緊張した。庭の雑木が何年も手入れをされずに生い茂っていた。声を掛けたが返事がない。雨戸は開け放たれている。徐々に大きな声を上げて呼びかけたがやはり返事はなかった。一気に不安が募った。寂しさが込み上げてきた。ここはほんとうに我が家だろうかと疑った。我慢していた涙がこぼれた。

靴を脱ぎ、座敷に上がる。確かに我が家だ。仏壇を見る。思わず歩み寄った。新しい位牌と写真がある。

「まさか……」

亮太は歩み寄って絶句した。母親の写真だ。そしてもう一つ、若い兵士の写真だ。よくよく見ると、まぎれもなく弟、亮健の軍服姿だ。幼かった弟の面影が残っている。まさか、まさか……。また独りごちた。

そのとき、庭で華やいだ若い男女の声がした。大きな笑い声も聞こえた。二つの写真を両手に持って振り返る。またもや驚いた。

「美代……」

若い女性が庭で突っ立っていた。傍らには背の高いアメリカ兵がいる。

「美代か……」

若い女性が大きくうなずいた。そして立ち尽くしたまま放心したようにつぶやいた。

「亮太兄ちゃん？」

亮太はうなずいた。美代が大声で泣きだして、その場でうずくまった。亮太は庭に飛び降り、美代の元に駆け寄った。肩を掴み、美代の顔を覗き込む。

「美代、元気だったか」

「お兄ちゃん、お兄ちゃん……」

美代は亮太の胸を両手で叩き続けた。

「馬鹿、馬鹿、馬鹿……」

美代の言葉は、途絶えなかった。

やがて涙を拭った美代は、茫然と立ち尽くすアメリカ兵に話しかけた。この状況を説明したのだろう。アメリカ兵は笑顔で亮太に手を伸べて握手を求めた。美代が紹介する。

「兄ちゃん、ジョージよ。……ジョージ、マイ、エルダーブラザ、リョウタ」

「リョウタ、ナイス、トゥ、ミート、ユウ」

ジョージは、それから美代に向かい、何事かを告げて美代を抱きしめた後、出て行った。近くの路上からジープのエンジン音が聞こえた。そして、すぐに消えた。

美代は涙を拭いて、部屋に上がり、台所に立った。

亮太は、写真を仏壇に返しながら仏壇の前にひざまずいた。美代が小さなちゃぶ台を寄せ、茶を入れて亮太に勧めた。亮太は手を伸ばし茶を啜る。美味しかった。懐かしかった。

「……お兄ちゃん、ヤンバルの水で淹れたお茶よ。久し振りでしょう」

美代は、もう笑っていた。

「うん、美味しい、おふくろの味がする。おふくろは……」

「みんな、死んじゃった。私、一人よ……。お母ちゃんは避難した山で死んだ。亮健兄ちゃんは護郷隊に取られて、恩納岳で戦死した。お姉ちゃんは、フィリピンに渡ったんだけど……」

「お姉ちゃんはフィリピンで戦死した。お姉ちゃんの旦那さんも二人の子どもも亡くなった」

「やっぱり……。お姉ちゃんの戦死の報が届いたって、お姉ちゃんの嫁ぎ先から知らせがあった」

「そうか」

「みんな、みんな死んでしまった。私は一人ぼっちになった。寂しくてたまらなかった。どうしていいか分からなかった」

また美代が、声を上げて泣き出した。

「お兄ちゃんも、お姉ちゃんも自分勝手すぎるよ。私と亮健兄ちゃんを置いて、みんな出て行った。お母ちゃんは、兄ちゃんや姉ちゃんたちのこと、最後まで心配していたよ。息を引き取るまで……。二人は帰って来るから頑張るんだよって、一人ぼっちになる私を励まして死んでいったんだよ」

美代は、話ながら何度も両手で涙を拭った。

「私に優しくしてくれたのは、ジョージだけ……。ジョージと結婚する約束をしたの。ジョージの故郷は、アメリカのミシガン州というところにあるシカゴという街だって。近くにミシガン湖という湖があって、冬になると表面が全部凍るんだって。ミシガン湖を見に連れていってくれるって言っているの」

「そうか……」

「お兄ちゃん……、私、もう二十一歳になったよ」

「そうか……、ムカデに足を噛まれて泣いていた泣き虫美代は、もういないんだな」

「そうだよ。そんなこと覚えていたの……」

美代が鼻をすすりながら言う。

「私ね、お兄ちゃん。アメリカに行くのが夢だよ。ジョージと結婚して、ジョージの赤ん坊を生んで、ミシガン湖で遊ぶの……。ね、いいよねえ、お兄ちゃん」

「……うん」

「怒らないよね」

「うん、怒らないよ」

「ああ、よかった」

美代が、本当にほっとしたように笑顔を浮かべた。亮太も、一人ぼっちにした美代に本当に謝りたかった。幸せになって欲しかった。美代の言うことをなんでも叶えてやりたかった。

「幸せになるんだよ。いいな」

「うん」

「美代、線香があるか」

「うん、あるよ」

「お兄ちゃんが帰って来たって、母さんにも父さんにも、亮健にも報告しようね」

「うん」

美代が立ち上がって線香を点ける。点けながら振り向いて亮太に言う。

「お兄ちゃん、何が食べたい？　私、なんでも作ってあげるよ。お兄ちゃんが帰って来たら、そうしようねって、お母さんと約束したのよ。ねえ、お兄ちゃん、何が食べたい？　好きなもの言って」

美代も亮太の傍らに膝を揃えて座る。両手を合わせて、仏壇の位牌や遺影を眺める。たくさんの思いが二人の胸に熱く滾っている。美代が立ち上がって亮太の背後に回る。

「私の、お兄ちゃんだ」

美代が亮太の背中に凭れて頭を乗せる。

「私……、お兄ちゃん、お兄ちゃんってばっかり言っているね」

「だって本当に久し振りだから……。私、お兄ちゃんって言葉、忘れていなかったよ」

「うん、美代、ごめんね」

美代も亮太も、こらえていた涙を一気にこぼしていた。

5

美代の恋人ジョージは奥間に建設された米軍基地に駐屯する部隊の兵士だった。主に通信業務を担当しているという。明るく礼儀正しかった。美代は、その基地で働いているところをジョージに見初められたという。

ジョージは亮太との初対面以降も、ジープを駆って何度も美代を送って来た。美代はその通信隊にあるレストランで働いていた。美代を送って来た何度目かの時、ジョージが手をついて、亮太の前で約束した。「美代を幸せにする」と。

亮太は、デオリやシンガポールで、英国兵を数多く見てきたから、外国人に対して特に違和感はなかった。むしろジョージの律儀な人柄に驚き、亮太が手をついてお願いした。美代の新しい人生の出発に手を貸して欲しい、共に歩んで欲しいと。

ジョージは笑顔で「ＯＫ」と言ってくれた。

美代の様子を窺いながら、デオリで会った兄亮一のことを話した。美代は最初、信じられないと驚いていたが、亮一の奥さんのムメノや娘のヒサコのことを話すと笑顔になった。そして手を叩いて喜んだ。

「私と同じだね、亮一兄さんも」

「えっ？　どういうこと？」

「どういうことって……、国籍を越えて結婚するっていうこと。愛は海を越えるのね」

美代がいたずらっぽく笑った。亮太も安心して笑みを浮かべた。

洋子のことを思い出した。亮子の死を思い浮かべた。海を越える愛もあれば、費える愛もある。マリアに恋をした雄次のことも、からゆきさんに恋をした吾郎のことも思い出した。男と女の愛の形は様々だ。しかし、人は自らが信じたその愛に殉じることができるのだ。美代も今その愛を信じて飛び込もうとしている。寒いシカゴでどのような人生が待っているかは分からないが、拍手をして送り出したいと思った。

美代に教えて貰い、幼いころ一緒に遊んだ智子と再会した。智子は身を竦めて亮太を迎えた。亮太が恐縮するほどだった。身を竦めることはない。何も謝ることはない。亮太はとびっきりの笑顔を作り、明るく話した。プラナキラやデオリのことではない。楽しかったシンガポールの数年間を話した。やがて、智子も笑顔を見せてくれた。

縁側に座り、茶を飲み、天ぷらを食べた。両親は畑に出かけているという。なんだか目の前の智子は、腰が曲がり小さくなったように思った。

「私、また結婚するのよ」

「えっ？　また？」

「そう、またなの。勇作さんのことは聞いたよね？」

「いや」

亮太は、首を振る。

「亮太がシンガポールに行った後、私は勇作さんと結婚したけれど……、勇作さんは、防衛隊にとられて戦死したの。ヤンバルから召集された防衛隊は、金武《きん》に駐留する日本の守備軍に合流したの。守備軍は敵の艦隊に、ボートに乗って奇襲攻撃をかけるための軍隊だった。でも戦果は挙げられずに現地で解散になったの。それぞれの故郷に戻り、各地で敵兵と対峙し、敵兵の侵攻を阻めと。ところが……」

智子は、ここまで言って息を継いだ。辛い話になる。聞くのは辛かったが、亮太は黙って聞いた。そうしてあげる方がいいと思った。智子は俯いた顔を上げて、また話し出した。

「ところが……、第一防衛隊はヤンバルに帰ってきたが、第二防衛隊は、那覇小禄の海軍基地のある大田中将の部隊に合流を命じられたの。勇作さんも義男も第二防衛隊だった。大田中将の率いる部隊は全滅した。大田中将は海軍壕で自決。勇作と義男も帰ってこなかった……」

「そうか……、戦争のせいだね」

「私のせいだよ。私が亮太との約束を破ったからだよ……。亮太と指切りの約束をしたのに、亮太を裏切ったからだよ」

「そんなことはないさ」

「そんなことはあるよ、罰が当たったんだ」

智子は、そう言うと手にした白いタオルで涙を拭った。

「お互いにまだ子どもだったんだ。子どもの約束だ。気にすることはないさ」

亮太の言葉に、智子は首を振った。もちろん、亮太も子どもの約束とはいえ、固く守ることを誓ったのだ。糸満でヤトイングヮになり海に潜っているときも、いつも智子のことが気になった。そして一緒にヤトイングヮになった洋子への甘い思いを必死に堪えたのも、智子との約束があったからだ。

「また、結婚するというのは……」

「うん、戦争で奥さんを亡くしたお隣の善助さんのところに嫁に行くことになったの。善助さんは私より一回りも年上だけど、私のお父と善助さんとで勝手に話を進めたのよ。夫を亡くした私と、奥さんを亡くした善助さんと結婚させるということよ。辻褄が合うでしょう」

「辻褄が合うって……、それでいいの？」

「うん、それでいいの。善助さんには二人の子どもがいて、まだ小さいの。下の子は、まだ乳飲み子なのよ。可哀相で不憫で……。奥さんは山に避難しているときに、ハブに噛まれて死んでしまったの。子どもたちは私に懐いてくれているしね。それでいいの」

「本当に、それでいいのか」

「うん、いいの。これが私の運命なのよ。私の戦後は、準備された道をただ歩くだけ。私はこの運命を生きていく。だから、だから亮太も、私のこと気にしないでね。自分の思う道を自由に選んでね。せっかく生きながらえた命だからね」

智子は、もう顔を上げていた。そして笑みを浮かべて庭を見ていた。庭に植えられたツツジの花が赤く咲き誇っている。

戦後は、すでに始まっていた。戦後と呼んでいいかどうか戸惑ったが、戦争で生き残った者の辛い日々が始まったのだ。身近な周りの人々の日々にさえ、すでに戦争の大きな傷跡が刻まれている。その傷跡を一つ一つ埋めていく闘いが始まるのだ。

これから幾つの傷跡を目にするのか。亮太には見当がつかなかった。が、智子の出発を笑顔をつくって精一杯祝してあげたいと思った。

6

変わったのは人の運命だけではない。戦後の風景も変わっていた。生活の仕方も環境も変わっていた。海にはサバニが一艘も浮かんでいなかった。浜には網が干されていなかった。男は海に出ることもなく、米軍基地で働いていた。沖縄本島には次々と米軍基地が建設され、人々は手軽に現金収入が得られる基地従業員になっていた。そのためにヤンバルの村を離れ、中部の基地の町に仕事を求めて出ていく者もいた。

米軍基地は、本島中部に多く造られていた。中部の人々は、さらに海外へ仕事を求めて移住していった。働きたくても畑は基地に没収され住む家も破壊されていたからだ。今なお、土地は銃剣で没収され、巨大なブルトーザーで踏み潰されていた。亮太がヤンバルに戻って来る途中で見た風景だ。婦女子の強姦事件も地元新聞に頻発に掲載された。これが敗戦国の現実だと思った。経済も日本国からは切り離されて米軍の発行したB円が流通していた。

洋子の住んでいる読谷や隣接する北谷地域が、米軍の上陸地点だと分かった。そしてその地にも米軍基地が建設されているという。洋子のことが心配になって何度も脳裏を駆け巡った。家族が無事で、洋子も一緒に生活していることを祈った。

亮太は、村の先輩から、ヤンバルの奥間にある米軍基地で働かないかと誘われた。サバニは戦時中に米軍に焼き払われたし、ウミンチュの生活では暮らしていけないだろう。妹の美代と一緒の職場にもなるし、その方がいいのではないかと進言された。

しかし、基地を建設し維持するために働くことに躊躇は大きかった。基地あるがゆえに戦争に巻き込まれたシンガポールのことも脳裏に浮かんできた。デオリの悲惨な二・二六事件のことも思い出された。惨めだった。それゆえに返事を曖昧にした。

宙ぶらりんの気持ちのままで、隣村の隆の実家を何度か訪ねた。やはり隆は亮太を認めなかった。母親は、亮太のことをよく知っていていつも歓迎してくれた。

隆は、パラオに渡る前に、よく笑顔で糸満でのことを話していたという。そんな思い出を懐かしそうに亮太に告げた。

しかし、今ではまったく人が変わってしまった。自分のことを母親と思っていないのではないかと思うと寂しくなるという。声を上げて笑うこともなく、一日中、ぽかーんと部屋の隅に座っているか、姿が見えないときは、浜辺に出かけてじっと海を眺めているという。浜辺までは遠く、家から一キロほど離れている。途中自動車道路を横切らなければならない。米軍のトラックやジープが走っている。松葉杖を突いた隆が轢かれるのではないかと思うと気が気でないという。

また、隆は夜中に大声を出して家の中を這いずり回ることもあるという。

「まるで、我が家は戦場だよ」

母親は、亮太に言い、それから泣き出しそうな苦笑を浮かべて隆を見た。

「夜になると、家が、ペリリュー島になるんだよ」

母親は、今度はほんとうに涙を流して鼻をかんだ。

「早く、病院へ入院させたいんだけどねえ、これの父ちゃんもイクサにとられて死んでしまったしね。今は隆と二人だけだ。隆を手放すと、私が寂しくなる。記憶を失っても私には可愛い息子だからねえ。何年ぶりかの一緒の生活だ。隆には苦労の掛けっぱなしだった。糸満売りにも出したし、何もしてあげられなかったからねえ」

母親は隆を手招きする。隆は素知らぬふりをして座ったままで動かない。

「隆、こっちに来て一緒にお茶を飲もうか」

亮太も声を掛けるが、隆は動かない。

「隆、海、海だ。海を見に行こうか」

海という言葉に隆が、亮太を見つめる。

「海だよ、海へ行こう」

亮太の言葉に、隆が幼い子どものような笑みを浮かべる。亮太は立ち上がって隆の手を取った。母親は黙ってうなずき、隆の帽子と松葉杖を準備してくれた。

その日から、亮太は何度か隆の手を引いて海に出かけた。幼いころ、兄の亮一がそうしたようにティダヌスディドゥクル（太陽の孵化する所）を示して、夕日が沈んでいく様子を二人で一緒に眺めた。

7

久子さんを訪ね、兄の消息を伝えたいと思った。久子さんの家は、村の北外れにある。母親は戦争中に亡くなり、祖父母と一緒に住んでいるという。父親は幼いころに亡くしていた。

亮太は、兄から頼まれたわけでもないし、また兄のことを伝えるのは酷《むご》いことかなと躊躇したけれど、やはり伝えた方がいいだろうと思った。真実に蓋をしてはいけないのだ。デオリで学んだことだ。

昔のままの茅葺の家が、村の集落から離れてぽつんと山裾に建っていた。戦争の被害を受けなかったのだろうか。家の周りを福木の大木が取り囲み、防風林の役目をしていた。しかし、その福木に太陽の光までが遮られて、なんだか寂しい印象を与えていた。石積みが巡らされた門を通り、正面のヒンプンを迂回して室内に向かって声をかけた。

裏座に人の気配がして床《ゆか》を踏む足音がした。腰を曲げた老婆が目の前に現れた。亮太を見て首を傾げた。大声で名を名乗り挨拶した。それでも怪訝そうな目で亮太を見つめる。

そのとき、裏庭の方から久子さんが現れた。日本タオルで頭を覆っている。タオルを取って、亮太を見て驚きの声を上げて立ち竦んだ。

「あれ、まあ……」

「亮太です。亮一の弟の……」

「大きくなって……、お兄ちゃんにそっくりだね。一瞬、お兄ちゃんが帰って来たのかと思ってびっくりしたよ。どうぞお上がりください」

「はい、失礼します」

亮太は靴を脱いだ。

「おばあ、亮一のウットゥグヮ（弟）だよ」

「ええ、アンヤミ（そうなのか）。アンシル似チョウテーサヤ（それで似ているんだね）。おばあもタマシヌギタサ（驚いたよ）」

おばあも手招きして亮太を歓迎した。久子さんの年老いた祖母だと紹介された。おばあは曲がった腰をゆっくりと下ろして、ちゃぶ台の前に座った。大きな笑顔を浮かべている。

久子さんは、裏の野菜畑で畑仕事でもしていたのだろうか。もう一度裏庭に姿を消し、水を使う音がして、タオルで手を拭きながら家の中の裏座から出てきた。茶を淹れるために一度立ち上がって台所に立った以外は、不思議そうに、おばあと一緒に亮太を眺めて笑みを浮かべた。

久子さんは兄が必死に愛した女性だ。

「亮太はシンガポールに渡ったと聞いたけれど……」

「ええ、糸満からシンガポールに渡って、四年ほど漁師をしていました」

「そう……、苦労をしたね」

「ええ、それから戦争に巻き込まれて捕虜になり……」

亮太の言葉を遮って、おばあが、口を挟んだ。久子さんの話では、耳が少し遠くなっているという。亮太の話を中断したことを気にすることもなく、勝手に話し始めた。

「おじいがいたら、あんたが来たのを喜んだろうにねえ」

「おじいは、どこに行ったんですか？」

「安子《やすこ》の見舞いに行ったさ」

「安子って？」

亮太は、隣の久子さんに尋ねる。

「私の姉なの、ハンセン病を患って屋我地にある愛楽園に入院しているの。おじいも私も時々、見舞いに行っているのよ。おじいは、今日は野菜を届けると言って、朝早くから出かけたの」

「歩いて？」

「そうだよ」

久子さんは笑って答える。愛楽園までは遠い。ヤンバルから十キロ余はあるのではないか。若者の脚でも往復に一日はかかるだろう。

「あんたの兄イ兄イは、いい人だったよ」

おばあが思い出したように、涙の溜まった目を手で拭う。皺くちゃになった手の甲が見える。黒いハジチ（入れ墨）の跡がある。歯がくちゃくちゃと鳴る。

「あんたの兄イ兄イは、久子と結婚する約束をしてくれたんだよ。優しいグヮだったよ。おばあにも、何度も魚を持ってきてくれたよ」

またおばあは、手で涙を拭う。

「ナンブチ（ハンセン病）だと言って、だれも寄り付かないワッターヤー（私たちの家）にやって来てね。久子を嫁にくださいって、おじいの前で頭を下げよったよ。兄イ兄イは偉いさ。だあ、あんなことになってねえ。生きていたらねえ」

おばあは、ため息をついた。

「おばあ、もういいさ。私は十分に幸せだったからね」

久子さんも笑っている。

しばらくして、おばあが目を閉じて頭を揺らし始めた。座ったままで居眠りをしていると、久子さんは笑って教えてくれた。

亮太はおばあを起こさないように、そっと久子さんの傍らで持ってきた風呂敷を開いた。

「これは……」

亮太の言葉より先に、久子さんは言葉を発した。兄の漁師ズボンを手に取って、じっくりと眺めている。

「兄から、貰ったものですが、もうウミンチュになることはないと思うので、久子さんに返した方がいいかなと思って」

久子さんは驚いていた。

「これ、どうしたの？　亮一さんから貰った？　どこで貰ったの？　いつ貰ったの？」

矢継ぎ早に亮太に問い続ける。亮太は、息を飲んで答える。

「実は……、兄は生きているのです」

「ええっ！」

久子さんが口に手を当てて驚いた。

「インドのデオリという村で生きているのです……」

亮太は、兄のことをゆっくりと話し出した。結婚のことで父と争い、漂流してイギリスの商船に助けられてインドに渡ったこと。インド兵になり、インドの女性と結婚して二人の子どもがいること。久子さんを忘れるために、よりインドの奥地のデオリの村に住んだこと。このズボンを片身離さずに大事にしてきたこと等々……。

久子さんの目に涙が溢れ、拭いても拭いても止まらないようだった。

亮太と亮一の出会いが信じられないという風に何度も、頭を横に振った。やがて、声を絞り出すようにして亮太にお礼を言った。

「有難う、亮太……。亮一さんは、きっとどこかで生きていると思っていた。亮一さんは、強い人だから」

久子さんは、堪えきれずに声を上げ肩を震わせて泣いた。

やがて、息を整え、涙を拭い、亮太の前で微笑んでくれた。

「亮太……、あのね、短い時間だったけれど、私は亮一さんに愛されてとても幸せだったよ。この服はあんたが持っていなさい。またウミンチュになるときがあったら、この服を着て亮一さんの分まで頑張りなさい。私は亮一さんとの思い出をいっぱい抱いて生きていけるよ。インドにいる亮一さんと亮一さんの家族の幸せを祈って生きていけるよ」

「でも……」

「亮太、私がこの服を持っていたら、毎日泣いてしまうでしょう。インドへ飛んで行きたくなるでしょう。おばあに、なんて説明する？」

久子さんは、何度も涙を拭った。

「この服は、私から亮太へのプレゼントよ。はい、おばあが目を覚まさないうちに早くしまいなさい」

久子さんは、泣き笑いの顔で亮太に言った。そして小さな笑みを浮かべて亮太を見た。亮太もうなずいた。兄さんは素敵な人を愛したのだと思った。

「亮一さんが生きていることを愛楽園にいるお姉ちゃんに知らせたら、きっと喜ぶでしょうねえ。お姉ちゃんは自分のせいだって苦しんでいたからねえ。仏壇のお母さんも喜ぶはず……」

久子さんは、じっと自分が繕った藍色のズボンを見つめていた。

人はそれぞれの定められた運命を生きる。智子がそう言ったが、そうかもしれないと思った。しかし、その運命は平坦な時もあれば残酷な時もある。そのどれにも、笑顔を向けなければいけないのだろうか。運命に弄ばれる弱い人間の存在がいとおしくなった。小さい人間を必死に応援したくなった。愛したくなった。

亮太は、苦笑を浮かべながらもう一度久子さんを見た。久子さんはズボンを丹念に畳みながら、風呂敷を包みなおした。必死に堪えていた目からは、大粒の涙が再びぽろぽろとこぼれていた。

8

ヤンバルに吹く風は、海の風だ。海風を遮るものは何もない。正面から吹きつける風は海の匂いを抱えたままで家々を撫で、山の斜面を駆けのぼる。

亮太の生まれたヤンバルの小兼久村は、名護市からさらに北上し、本島最北端の国頭村に接している。戦後に建設された米軍基地は奥間通信隊と呼ばれ、国頭村と大宜味村の村境に在る。

戦争で生き残った男たちの多くがその米軍基地で働いた。

しかし、亮太はやはり踏ん切りがつかなかった。生きていくためには、止むを得ないことだとも思ったが、戦争の尊い犠牲で得た戦後の生活が米軍基地で働くことだとは思えなかった。そんな亮太の躊躇いと、揺れ動く心を持ったままでも時は刻まれる。

突然、亮太の元に、隆の死の知らせが届いた。亮太はすぐに隣村の隆の家へ駆けつけた。隆はすでに死の床に横たわっていた。母親が、夜になるとペリリュー島になると譬えた部屋だ。その部屋で隆は首を吊った。自殺だった。

「亮太さん……、隆の顔を見てちょうだい」

隆の枕もとに黙って座っている母親が亮太にお礼を言って、顔を覆った白いハンカチを取った。

「隆！」

亮太は思わずにじり寄って隆の名を呼んだ。もちろん、隆の唇は動かなかった。頬に手をあてると、もう冷たかった。母親が静かにつぶやいた。

「この子の人生は、なんのためにあったのかねえ。この子には苦労ばっかり掛けてきた」

亮太は言葉が返せない。母親が続けて言う。

「パラオに行く前にね。私たちに別れを告げに村に帰って来たんだけどね……。南洋で亮太兄イ兄イたちと会えるといいなあ。パラオとシンガポールは近いかなあ、船でどのぐらいかかるのかなあって、話していたよ。糸満での生活がよっぽど楽しかったんだねえ。この子には……」

亮太には、やはり答えられない。辛いことばかりあったはずの糸満での生活が、隆の人生の中で、最も楽しい時間だったとは……。亮太は返す言葉が探せなかった。

翌日の葬儀も寂しいものだった。火葬を済ませ、骨上げをして先祖の墓への納骨まで見届けたが、終わった後は疲れがどっと出た。四六時中、母親の言った言葉が蘇って来た。

「この子の人生はなんのためにあったのかねえ」……亮太には答えが探せない。自分の人生さえ、なんのためにあるのか。亮太は分からなかった。生きる意欲も意味もなんだか、なくしていた。あるいは、隆も、このようにして自ら命を絶ったのだろうかとさえ思った。

ふと、雄次のことが思いだされた。雄次の最後を伝えるために伊是名島に行ってみようと思った。伊是名島が雄次の故郷だ。なぜこのことに、今まで気づかなかったのだろう。

美代に一泊での伊是名行きを告げ、今帰仁《なきじん》村の運天港から連絡船に乗った。伊是名島の仲田港までは約一時間の船旅だ。港に近づくと、エメラルドグリーンの海が一際目を引いた。濃い藍色の外洋との境目に白く波立っているところがリーフ（環礁地帯）である。ここで外洋からのうねりや波は弱められる。

珊瑚の海には、色とりどり大小の魚が群れていた。忘れていた風景だ。亮太は懐かしいヤンバルの海や糸満の海を思い出した。そして海の匂いを胸いっぱい吸い込んだ。

港で働いている漁師の一人に、大城雄次の家を尋ねると、丁寧に教えてくれた。

突然の訪問にも関わらず、雄次の家族は大歓迎してくれた。父親は健雄《けんゆう》と名乗り、兄は雄一と名乗った。

「あんたのことは雄次から何度も聞かされていたよ。よく来てくれた。有難う」

健雄さんは、すぐに亮太を抱きしめて泡盛を注いだ。雄次が言ったとおり、健雄さんは片手を失っていた。

奥さんの手料理が、次々と食卓の上に並べられた。亮太は、糸満での雄次との生活のこと、シンガポールでの楽しかった日々のこと、そして雄次の死を告げた。

健雄さんは、亮太の話を聞きながら感極まっていた。

「有難う。今日は雄次も喜んでいるだろう。戦死報告が届いて……。雄次はシンガポールで死んだとしか聞かされていなかった。今日は雄次のことを思い出した。いい供養になったよ」

「有難う、雄次は、いいルシビ（友達）をもったなあ。今日は泊まっていけよ」

兄の雄一さんも、何度も亮太に感謝した。

「雄次は、お父がサバニを失ったから、糸満に年季奉公に行ったんだ。俺が行ってもよかったんだが、雄次が手を挙げた。あいつは男気があった。雄次らしい最期だよ。なあ、お父」

「うん、そうだな。雄次には苦労ばかりかけたが、雄次のおかげで今はこうしてみんな幸せに暮らしている。雄次のルシビ（友達）になってくれて有難うな」

健雄さんは少し涙ぐんでいた。亮太は思わず父の亮助を思い出した。生きていれば健雄さんと同じぐらいの年齢だろうか。

雄一さんは、もう酔いが回ったのか、三線を手に取った。亮太を歓迎するための民謡を披露するという。いつの間にか隣に住んでいるという雄一さんの家族も合流していた。親族も泡盛を下げて次々とやって来た。

「俺たちはみんなウミンチュだよ」

「俺たちには海しかないからなあ」

「海は、戦争でも壊されなかった。生き残った」

みんなは大声で笑う。そして屈託がない。亮太は、海の匂いを嗅いだだけでなく、久し振りに海の男たちの飾らない生きざまをも見たような気がした。

亮太は、その晩、健雄さんや雄一さんの勧めもあって、海辺の旅館ではなく、健雄さんの家で泊まった。健雄さんは、亮太が仕事がないのを聞くと盛んに伊是名に来いと誘った。

「お前は雄次の生まれ変わりみたいのものだ。伊是名で一緒にウミンチュをやろう。いつでもいいぞ。家だって準備できるぞ」

雄一さんも、温かく誘ってくれた。

「お父の言葉を本気で考えてくれ。伊是名の海は、まだまだ豊かだ」

亮太は来てよかったと思った。さすがに伊是名で漁師になることは、すぐには決心がつかなかったが、明るい気分になっていた。帰りには家族全員に港で手を振られ見送られた。

海の生活を敬遠していたが、海の生活に戻ってもいいかなと思った。帰りの船上で海風を受け、面前に広がる青い海を見て、自分にはこれしかないかな、と笑ってみた。

運命を引き受けるのも自分だが、運命を切り開くのも自分だ。戦後の時代は、新しい自分の可能性に挑戦できる時代だという。新しい出発を決意することが、雄次の意志を継ぐことにもなるような気がした。デオリの収容所で死んだ一〇〇人もの人たち、去る大戦で死んだ日本人三〇〇万人もの人たちの未来を受け継ぐことになるような気がした。そしてその思いは、ヤンバルに着く道中で、徐々に強くなっていった。

美代のアメリカ行きが、目前に迫って来た。美代は亮太のために、基地内で小さな結婚パーティを開いてくれるという。ジョージに相談すると、すぐにOKをしてくれたというのだ。そしてジョージは、是非美代にウエディングドレスを着けて欲しいと願ったという。リョウタさんにも見せてあげたいというのだ。美代は、このことをはにかむように亮太に告げた。

亮太も再び漁師になる決意を告げた。家や土地を処分し、半分は美代の結婚祝いへ、半分はサバニの購入費に充てたいと美代に告げた。美代は、結婚祝いを受け取ることを固辞したが亮太の決意が揺るがないのを知ると笑って了承した。

結婚パーティの当日は、基地内の教会で式を上げた。パーティは美代が務めていたレストランを貸し切って行われた。ジョージの友人や、基地内で働く美代の友人たちも参加した。賑やかなパーティで、亮太も初めて口にする料理やケーキがテーブルに並んだ。何よりも美代の花嫁姿は美しかった。死んだ母さんや父さん、そして亮一兄さんや亮子姉さん、亮健にも見せたかった。このことができないことが悔しかった。そして悲しかった。

美代がアメリカへ出発する日、亮太は美代と一緒に二人並んで仏壇の前に座った。香を焚き、手を合わせた。

「お母、お父、美代が結婚するよ……」

あとは言葉が続かない。亮一兄、亮子姉、弟の亮健の笑顔が目に浮かぶ。必死の思いで、笑顔をつくり美代に向き直る。

「美代、よかったな。幸せになるんだよ」

美代は言葉を詰まらせてうなずいた。

亮太も言葉を詰まらせながら、幾つかの別れの言葉を述べた。たくさん祝福の言葉を並べて美代を送り出したかったが言葉が出なかった。

「今日は、亡くなったみんなが、美代を送り出すために、ここに集まっているよ。美代の幸せを願っているはずだ」

美代は、涙を浮かべて何度もうなずいた。

「お兄ちゃんも、頑張ってね。いい人を早く見つけて、結婚してね」

亮太は、美代の言葉に笑ってうなずいた。美代にすべてを語ったわけではないが、亮太は新しい出発のことを頭に描いていた。

門前にジープが止まる音がした。ジョージが迎えに来たのだ。ジョージと美代は、奥間の基地からヘリコプターで飛び立って嘉手納《かでな》の基地へ向かい、嘉手納の基地から飛行機で米本国へ向かうという。

ジョージは、美代の荷物をジープに積み終わると、亮太に握手を求めた。

「亮太さん、心配しないでください。美代さん、必ず幸せにします。約束します」

ジョージのその言葉にうなずくと、美代が泣き声を上げて亮太の胸に飛び込んできた。

9

亮太は、美代を見送った後、洋子を訪ねて読谷へ行った。洋子の家は、何度か二人の話題に上がり、場所も教えてもらっていた。微かな記憶を頼りに道行く人に訪ね歩いた。

やっとそれらしい家を訪ね当てたが、洋子は不在だった。出直して来ることも考えたが、洋子の帰りを待つことにした。一時間余が過ぎても洋子は帰って来なかった。庭には何種類かのハイビスカスの花が植えられていた。ブーゲンビリアの赤い花も門の両側を彩っていた。庭はよく手入れされていた。

もう一度、庭の奥深くまで入り、意を決し家に向かい大きな声で呼びかけた。やはり、返事はなかった。家を間違えたのではないかと不安になり、門を出た。そこに農作業から帰って来る老婦人に出会った。二軒隣に住んでいるという。洋子のことを尋ねるとすぐに教えてくれた。

洋子は、この時間には、村の中心部にある刺身屋に行っている。村役場近くの十字路で、刺身屋と天ぷら屋をやっているという。訪ねたいと告げて道順を教えてもらった。

気になっていたので、家族のことを、さりげなく尋ねてみた。すると家族は戦争でみんなチビチリガマ（洞窟）で亡くなった。洋子に連れ合いはなく、一人でこの家に住んでいるという。礼を言い、その店を訪ねることにした。

洋子と久場崎で別れてからおよそ一年が経過していた。長いようで短いような、短いようで長いような歳月だった。しかし、必要な時間だったようにも思う。

家族全員が亡くなったというのはあまりにも辛い。詳しく聞く時間はなかったが、村人と一緒の集団自決だという。

洋子は、この間どんな思いを抱いて暮らしてきたのだろう。家族の死への慰めの言葉は見つからない。また、自分の思いをうまく伝えられるだろうか、このことが不安にもなってきた。

洋子の店はすぐに見つかった。遣り戸を開けて中に入った。

「いらっしゃい」

大きな声で迎えられた。洋子だった。間違いない。亮太は一瞬立ち竦んだ。洋子も同じだった。やがて、二人とも笑みを交わした。

「こんな格好で……」

洋子は照れ臭そうに笑った。やはり洋子だ。

「どう、元気？」

「ええ、元気よ」

「隣のおばあちゃんに、この店を教えてもらった」

「そう、すぐに探せた？」

「うん、すぐに探せた。でも家で一時間ほど帰りを待っていた」

「そう、お疲れ様。でも、本当に久し振りだねえ」

「一年ぶりぐらいかなあ」

「少しゆっくりできるんでしょう」

「うん」

「今、美味しい刺身と、あたたかい天ぷらを用意するから、待っていてね」

「うん、有難う。そうさせてもらう」

亮太はそう言って、窓際のテーブルの前に腰掛けた。亮太も洋子も、もう二十九歳になっていた。あのころと同じように若くはなかった。言葉が細切れにではあるが、二人の間を飛び交った。洋子が振り返りながら言う。

「遊んでいるわけにもいかなくてね、三か月ほど前からこの商売を始めたのよ。まだ慣れなくてねえ。お客さんもあんまり来ないいんだよ」

「そう、なのか」

「でも心配しないでね」

亮太の返事に洋子が笑顔を浮かべる。それから亮太の前に刺身と天ぷらを皿に盛りつけて、テーブルを挟んで座ってくれた。エプロンを外して、頭に覆ったタオルを取った。そして髪に手櫛を入れてほほえんだ。

亮太は、ヤンバルに帰って来てからの、たくさんの思い出話をした。妹の美代を嫁がせて、アメリカへ送り出したこと、ジョージとうまく話せずにいくつかの失敗談も披露した。雄次の故郷、伊是名での愉快な一晩のことも話した。亮太も洋子も時には声を上げて笑った。

「で……、洋子の家族はみんな亡くなったって聞いたけれど、お姉ちゃんも亡くなったの？」

「ええ、そうなのよ。私、一人で住んでいるのよ、あの家で……」

亮太の問いに洋子がうなずいた。亮太は失われた家族のことを訊かなければいけないことのように思われた。洋子も言わなければいけないことのように思った。

洋子は顔を上げて一人だけになった理由を話し出した。それは亮太の想像を超えるものだった。洋子は、おおよそ次のようなことを言った。

「米軍は、この読谷の海岸から沖縄本島に上陸した。一九四五(昭和二十)年四月一日のことだ。村人はパニックになってガマ（洞窟）に逃げ込んだ。ガマは大小いくつかあったが、洋子の両親と家族は、チビチリガマと呼ばれるガマに逃げ込んだ。そこは雑木に覆われて窪地になっていたが、近くの高台に登ると周りが見渡せた。圧倒的な兵力で押し寄せて来る米兵や米軍の戦車が見えた。それを目の前にして、チビチリガマに逃げ込んだ住人たちはパニックになり、捕虜になるよりは自ら死を選んだ。カマや剃刀で互いの首を切った。青酸カリを飲んだ。火を焚いて煙で窒息死した。両親も幼い妹も、そこで死んだ……」と。

亮太は言葉が継げなかった。顔を伏せる以外になかった。洋子の顔を見ることができなかった。洋子がどんな表情で家族の死を語っているのか。悲惨な内容を知ることと同じぐらい見ることは怖かった。長い沈黙が続いたが、洋子が再び話し出した。

「……姉ちゃんはね、嘉手納で日本の兵隊さんと一緒に死んだって。姉ちゃんは辻にいるころから大好きな日本の兵隊さんがいてね、このことを嬉しそうに話していたから、きっと死を覚悟で、兵隊さんの後を追いかけて嘉手納まで来たと思う。姉ちゃんは、それでよかったかも。そう思うことにしているの。仕方ないよね」

少し明るくなった洋子の声に、亮太も顔を上げた。洋子が笑みを浮かべて言い継いだ。

「戦争は生き残った者にこそ、多くの悲しみを与えるんだね」

「……」

「みんな生きたかっただろうにね、死んでしまってね」

洋子が、何かを諦めるように笑みを浮かべた。諦めてはいけない。生きている者は、生きていることを諦めてはいけない。死者たちの分まで夢を持って生きなければいけないのだ。今言わなければいけないと思った。亮太は洋子を見た。

「洋子……」

「えっ？」

「ぼくと、結婚してくれないか」

「えっ？」

洋子が驚いて亮太を見つめる。

「ずっと考えていたんだ。洋子と一緒に生きたいって。戦争で奪われた人生をやり直したいって。やり直したいというか、出発したいって……」

洋子が真顔になって亮太に向き直る。亮太は思い切って用意してきた言葉を並べようとするのだがうまくいかない。洋子への思いだけが溢れて、言葉がなかなかついてこなかった。

洋子は、それでも亮太の思いを理解してくれた。亮太の思いを聞き届けた後、顔を赤らめて問いかけた。

「それ……、本気なの？」

「そうだ、本気だ」

「だれかの代わりを、求めているのではない？」

「だれかの代わりではない。プラナキラでの出会いは運命だと思った……」

亮太は、再び洋子に向き直った。今度は少し落ち着いて言葉が繋がった。小さな漁村で漁師をしたい希望を洋子に伝えた。亮一兄から貰った藍色の漁師ズボンを着るのを見てくれと言った。

亮太の心で、言葉にならないたくさんの思いが渦巻いた。糸満で雄次から洋子への思いを告げられた時は激しく嫉妬した。幼なじみの智子との約束があったから洋子への恋心を封印したが、苦しかった……。

洋子が、顔を上げて亮太に言う。

「私は、あんたも雄次も、裏切ったのよ。私は……」

「言わなくてもいい。昔のことだ。戦前のことだ」

亮太は少し茶化して言った。

「こんな……、こんな私でもいいの？」

「こんな私でも、どんな私でも、洋子は洋子さ」

洋子が、目を赤く腫らして、亮太の思いに大きくうなずいた。

10

その日、亮太は洋子の家で宿泊した。洋子の家は、ヤンバルの亮太の家と同じほどの大きさだった。鰹業で失敗したという両親が必死に働いて建て直したのだろう。亮太も洋子も糸満のヤトイングヮだったから、互いにそれほど裕福な家庭ではなかった。でも、どこの家にも負けないぐらい家族の皆を愛したはずだ。

亮太と洋子の二人だけのパーティだった。お祝いの刺身が大皿に山盛りになって出てきた。

「ヴァォ!、洋子……、これ、凄いよ」

「今日は特別よ、いっぱい食べてね。でも、一緒になったら倹約第一だからね」

「デオリの収容所を生きてきたから、大丈夫さ」

亮太が冗談で答えた。洋子もにっこり微笑んで言う。

「今の言葉、忘れないわよ」

洋子が、あのころに戻って笑っていた。共通の話題があることも亮太を安心させた。

洋子の家の仏間にも戦争で死んだ家族の遺影が飾られている。

「お父ちゃんにも、お母ちゃんにも報告しようね。亮太さんのお嫁さんになりますよって」

洋子がテーブルに座る前に、線香を点けて仏壇の前に座った。亮太も一緒に線香を点けて洋子の傍らに座った。仏壇の前に座るのは何度目だろうか。死者たちの思いを受け継ぎ、死者たちと共に生きていくのだ。それが新しく戦後を生きるということだろう。死者たちを忘れてはいけないのだ。

洋子が合掌し目を閉じる。長い時間のような気がした。それから洋子は指先で瞼を抑えて涙を隠した。

「有難う、亮太……。今日は特別ね」

「あれ、その言葉、さっきも言ったよ」

「いいの、今日は特別なの、何度でも言うの」

負けず嫌いな洋子が、顔をのぞかせた。

亮太も洋子と一緒に立ち上がってテーブルの前に座った。刺身だけではない。イカの天ぷらも、伊勢海老のスープも、グルクンの唐揚げもある。そして泡盛もある。

「やっぱり、今日は特別だ。こんなにたくさんのご馳走を出して、お店、潰れないかな」

「潰れてもいいよ。亮太が立て直してくれるから」

洋子も負けてはいなかった。二人とも大人になったのだ。

「刺身屋でプロポーズするなんて可笑しかった。たぶん、インド人はそうしないね」

「うん、しないと思う。砂漠に刺身屋はないよ」

亮太も思ってもみなかった軽口がポンポンと飛び出す。

「でも、シンガポールではあるかもしれないな」

亮太は用意していたプレゼントを洋子に手渡した。

「何、これ？」

紙包みは少し古びていた。小さな紙包みだ。

「開けてもいいの？」

「うん」

亮太は幸せな気分だった。しかし、少し恥ずかしかった。洋子の手元を見ずに刺身を口に入れた。

「あれ……」

洋子がつぶやいた。亮太が言い継ぐ。

「ペンダントだ。シンガポールの街で買った。いつか洋子に渡せる日がくると思った」

魚模様の小さなペンダントだ。魚の口から小さな鎖が付いている。雄次の鼈甲の櫛に倣って買った日を思い出す。雄次がマリアに櫛を与えたように、亮太もペンダントを買ったのだ。いつの日か大切な人が目の前に現れたら渡そうと思った。その日のために……。

洋子が手に取って首にかけた。ペンダントを撫でながら目を潤ませている。

亮太がはにかみながら言う。

「ずっと持っていたんだ。プラナキラでも、デオリでも……」

「有難う、亮太……」

「泣くな！　もう」

「うん」

洋子は、そう答えて涙を拭った。亮太も自分の強い言葉に驚いた。

亮太は、洋子とのウミンチュの生活をどこでしようかと考えていた。それを洋子に伝え相談したいと思っていた。ヤンバルには智子がいる。智子には残酷な仕打ちのように思えた。雄次の生まれ島、伊是名はどうだろうか。雄次の父さんも兄さんも喜んで迎えてくれるという。しかし、洋子にとっては辛い仕打ちのようにも思えた。矢張り新しい土地で出発しようと思った。

「洋子、ウミンチュは新しい土地でやりたいのだが……」

「うん、いいよ」

洋子が顔を上げてすぐに答える。

「ぼくは、池間島がいいと思う。洋子はどうかな」

「池間島って、あの宮古の池間島?」

「そうだよ」

「ずいぶんと遠いのね」

「うん、遠いけれど漁場が豊かだ。池間島は糸満にいるころ、何度も親方と一緒に浜宿りをした島だ。友達もいる。シンガポールで知り合った真治は池間の出身だ。ウミンチュ同士の結束も固い。サバニも造れるはずだ。家も手に入るだろう」

洋子が、亮太の前の盃に泡盛を注ぐ。

「もう、そこまで考えていたの。うん、いいわよ。亮太とならどこまでもついていくわ」

洋子は笑顔で快諾する。そして自らの盃を手に取る。亮太が慌てて泡盛を注ぐ。

「今日は特別だよ。私もちょっとだけ飲むね」

「はい、乾杯！」

二人は声を合わせて盃を持ち上げる。亮太は、嬉しくなって一気に泡盛を飲み干す。

洋子は何度も何度も、笑顔を浮かべながら涙を拭っている。

「洋子、地獄の底までもついてくるか」

「天国にしてよ、地獄のデオリで頑張ったんだから」

亮太は、心地よい酔いに身を任せていた。夢を見ているようだった。実際、その日はたくさんの夢を見たかもしれない。幸せな気分のままでいつの間にか寝入っていた。

洋子は、酔いつぶれた亮太のために床を敷いた。白いシーツを被せた布団に、足取りのおぼつかない亮太の手を引いて寝かせた。シーツからは甘い香りがした。洋子は幸せだった。急いで食卓を片付けると、小さな手鏡を見て髪を整えた。胸で亮太から貰ったペンダントが揺れた。

そっと、亮太の傍らにシーツを捲って横になった。亮太と一緒の新しい海の暮らしが始まるのだ。亮太の匂いに優しく抱かれていると思った。糸満売りされた日からの辛い思い出が蘇ってきた。こんな日が訪れるとは夢にも思わなかった。亮太の腕をそっと掴んだ。いつまでもいつまでも、こんな日が続きますようにと祈って声を殺して泣いた。

翌日、亮太は、ひと月後には、家財道具を整理し池間島に渡りたいと決意を告げた。洋子もうなずいた。その前に、亮太が池間島に渡り、洋子を迎える準備をすることも告げた。一日も早くサバニを注文し、一緒に住む家を探したかった。

洋子が片付けの手伝いにヤンバルにやって来た。美代がアメリカに飛び立つ前に、多くの片付けは済ませていたから、それほど片付けに手間のかかることもないと思っていた。しかし、女の目からはまだまだ多くの片付けが必要だったようだ。食器を選り分け、鍋や寝具の整理、古い衣類や亡くなった両親の遺品の整理など、亮太の意見を聞きながら洋子は汗だくになった。

亮太も庭の植木の剪定などに汗を流した。枯葉を集め、雑木の枝を切った。何度か、洋子に呼ばれて作業を中断し、居間に戻っては父の衣服や母の遺品を選り分けた。それらの中には思い出深い品もいくつかあった。何度か手を休めて思い出に耽《ふ》けた。

「洋子……、覚えているか」

亮一からもらった藍色の漁師ズボンを洋子に見せた。洋子が手に取って大切そうに見入る。そして広げ見た。

「亮太……着替えてみて」

「そうだな、まだ一度も着けたことがないんだ」

亮太は、洋子に請われるままに着替えてみる。洋子の前で両足を踏ん張って立ってみる。洋子が顔を上げる。

「少し、小さいかなって思っていたがぴったりだね。寸法が合わなければ直そうと思っていたけれど……、大丈夫？」

「うん、大丈夫だ。兄さん、きっと喜ぶだろうなあ」

「ムメノさんも、ヒサコちゃんも、バクシュも、どうしているかしらねえ」

「元気でいるさ。お前と結婚することが分かったら、兄さん、びっくりするだろうなあ」

「いつか……」

「うん、いつか、デオリに行けたらいいなあ。インドだって遠くはないさ。ウミンチュにとっては、すべての海が、一つの海だ」

洋子が大きくうなずいた。亮太は改めて希望の海が、目の前に広がるような気がした。海は裏切らない。海は雄次のお父さんが言っていたように戦争でも壊れなかった。人の思いも壊れなかった。人を信じて生きる。戦争で未来が閉ざされたような絶望感にも陥ったが、生きていてよかったと思う。

部屋の片付けが一段落ついた後、亮太は洋子を浜辺に誘った。亮一兄と一緒に見た夕日を見せてあげたかった。故郷の浜辺で眺める夕日も、あと数日しか残っていなかった。

「きれいだわ……」

洋子が、驚いたように夕日を見続けた。砂浜に腰を下ろして見る夕日は、あの日と変わっていなかった。

「ここに座って亮一兄さんと美代と亮健と一緒に、よく夕日を見たんだ」

「そうなの……、心が洗われるみたいだわ。この夕日があれば、生きていけるね」

洋子が感慨深そうに目を細める。今度は、亮太が大きくうなずいた。

夕日は、水平線に広がる雲をオレンジ色に染めて、大きな輪郭をつくっていた。そこから、亮太と洋子の座っている浜辺まできらきらと輝いて一本の道が伸びている。そこだけが静かだ。左右の波は、未来への道を祝福して拍手をするかのように銀色の波を作って小刻みに揺れていた。

「ティダヌスディドゥクル……」

亮太は、思わずつぶやいていた。

「えっ？」

洋子が、聞き返す。亮太は前方のオレンジロードに繋がる海の太陽を指さす。

洋子は、この夕日があれば生きていけると言った。

亮太は傍らの洋子を見た。亮太も海の太陽を見つけたのだ。とてつもなく優しい海の太陽。大きな希望に向かってともに生きていくことのできる海の太陽だ。

「海の太陽があれば、生きていけるな」
亮太の言葉に、洋子が最高の笑顔を浮かべて大きくうなずいた。

〈了〉

□　注記

本書では、実在の地名等を舞台にして物語を展開したが、登場人物の多くは筆者が作り上げた架空の人物です。

□　参考文献

本書を執筆するにあたって着想を得て参考にした主な文献・資料は次の通りです。

○「インド抑留という秘録―囚われた沖縄漁民の体験」加藤久子（沖縄タイムス、二〇一五年一二月二日〜一二月十一日まで連載七回）
○『年表で読む　日本近現代史』渡辺昇一、二〇一五年七月、海竜社
○『海の狩人沖縄漁民―糸満ウミンチュの歴史と生活誌』加藤久子、二〇一二年三月、現代書館
○『サンダカン八番娼館』山崎朋子、二〇〇八年一月、文春文庫
○『シンガポールの日本人社会史』西岡香織、一九九七年四月、芙蓉書房出版
○『インドの酷暑砂漠に日本人収容所があった』峰敏朗、一九九五年七月、朝日ソノラマ

○『糸満アンマー―海人の妻たちの労働と生活』加藤久子、一九九〇年三月、ひるぎ社
○『大兼久誌』字誌編集委員、一九九一年五月、大兼久区
○『糸満売り―実録・沖縄の人身売買』福地曠昭編著、一九八三年六月、那覇出版社

大城貞俊

（おおしろ・さだとし）

一九四九年沖縄県大宜味村に生まれる。
元琉球大学教育学部教授。詩人、作家。
県立高校や県立教育センター、県立学校教育課、
昭和薬科大学附属中高等学校勤務を経て二〇〇九年琉球大学教育学部に採用。
二〇一四年琉球大学教育学部教授で定年退職。

主な受賞歴

沖縄タイムス芸術選賞文学部門（評論）奨励賞、具志川市文学賞、沖縄市戯曲大賞、九州芸術祭文学賞佳作、文の京文芸賞最優秀賞、山之口貘賞、沖縄タイムス芸術選賞文学部門（小説）大賞、やまなし文学賞佳作、さきがけ文学賞最高賞などがある。

主な出版歴

詩集『夢（ゆめ）・夢夢（ぼうぼう）街道』（編集工房・貘）一九八九年／評論『沖縄戦後詩人論』（編集工房・貘）一九八九年　評論『沖縄戦後詩史』（編集工房・貘）一九八九年／小説『椎の川』（朝日新聞社）一九九三年／評論『憂鬱なる系譜―「沖縄戦後詩史」増補』（ZO企画）一九九四年／詩集『或いは取るに足りない小さな物語』（なんよう文庫）二〇〇四年／小説『記憶から記憶へ』（文芸社）二〇〇五年／小説『アトムたちの空』（講談社）二〇〇五年／小説『運転代行人』（新風舎）二〇〇六年／小説『G米軍野戦病院跡辺り』（人文書館）二〇〇八年／小説『ウマーク日記』（琉球新報社）二〇一一年／大城貞俊作品集〈上〉『島影』（人文書館）二〇一三年／大城貞俊作品集〈下〉『樹響』（人文書館）二〇一四年／『「沖縄文学」への招待』琉球大学ブックレット（琉球大学）二〇一五年／『奪われた物語―大兼久の戦争犠牲者たち』（沖縄タイムス社）二〇一六年／小説『一九四五年　チムグリサ沖縄』（秋田魁新報社）二〇一七年／小説『カミちゃん、起きなさい！　生きるんだよ』（インパクト出版会）二〇一八年／小説『六月二十三日　アイエナー沖縄』（インパクト出版会）二〇一八年／『椎の川』コールサック小説文庫（コールサック社）二〇一八年／評論『抗いと創造―沖縄文学の内部風景』（コールサック社）二〇一九年

海の太陽

二〇一九年五月二八日　第一刷発行

著者……大城貞俊

企画編集……なんよう文庫（川満昭広）

〒九〇三-〇八二一　沖縄県那覇市首里儀保二-四-一A

E-mail:folkswind@yahoo.co.jp

発行人……深田卓

発行……インパクト出版会

〒一一三-〇〇三三　東京都文京区本郷二-五-一一　服部ビル二階

電話〇三-三八一八-七五七六　ファクシミリ〇三-三八一八-八六七六

E-mail:impact@jca.apc.org

郵便振替　〇〇一一〇-九-八三一四八

装釘……宗利淳一

印刷……モリモト印刷株式会社

ISBN978-4-7554-0297-5　C0093　Printed in Japan